BACAKSIZ

SÜPER ÇOCUK

BACAKSIZ: SÜPER ÇOCUK

Orijinal Adı: Iggy Loomis / Super Kid in Training
Yazarı: Jennifer Allison
İllustratör: Michael Moran
Genel Yayın Yönetmeni: Meltem Erkmen
Çeviri: Gülen Işık
Düzelti: Sinem Uğurlar
Kapak Uygulama: Berna Özbek Keleş

1. Baskı: Ağustos 2017

ISBN: 978-605-173-299-2

YAYINEVİ SERTİFİKA NO: 34590

Metin © 2013 Jennifer Allison

İllustrasyonlar © 2013 Michael Moran

Türkçe Yayım Hakkı Anatolialit Ajansı aracılığı ile
© Epsilon Yayınevi Ticaret ve Sanayi A.Ş.

Baskı ve Cilt: Vizyon Basımevi
Deposite İş Merkezi. A6 Blok Kat: 3
No: 309 Başakşehir / İstanbul
Tel: (0212) 671 61 51
Fax: (0212) 671 61 52
Sertifika No: 28640

Yayımlayan:
Epsilon Yayınevi Ticaret ve Sanayi A.Ş.
Osmanlı Sk. Osmanlı İş Merkezi 18/ 4-5 Taksim / İstanbul
Tel: 0212.252 38 21 Faks: 252 63 98
İnternet adresi: www.epsilonyayinevi.com
e-mail: epsilon@epsilonyayinevi.com

BACAKSIZ

SÜPER ÇOCUK

JENNIFER ALLISON

Çeviri
Gülen Işık

En sevdiğim kitap severlere ve hayvan sahiplerine!
Max, Marcus ve Gigi'ye

J. A.

Kristin'e
M. M.

TEŞEKKÜRLER

Bu kitabı yazmak için beni ilk cesaretlendiren Lauri Hornik'e, Doug Stewart'a, Maureen Sullivan'a ve birkaç taslağa göz atan Andrew Harwell'a teşekkür ediyorum. Çok özel bir teşekkür de; sezgisi, sabrı ve mükemmel editöryel rehberliği için editörüm Lucia Monfried'e. Mike Moran: İşbirliğin ve olağanüstü sanatınla Iggy'nin hayatını gerçeğe taşıdığın için teşekkürler. Rosanne Lauer ve Stacey Friedberg: Birçok detaya özen gösterdiğiniz için teşekkürler. Jason Henry: Kitabın mükemmel tasarımı için teşekkürler. Son olarak, Iggy'nin daha üstün güçlere sahip olmasını isteyen genç okurum Henry Rosser'e ve *Iggy Loomis*'in ilk okuyucusu olan oğlum Max'e teşekkür etmek isterim.

·1·
DANIEL LOOMIS VE KÜÇÜK KARDEŞİNİN İSTİLASI

Er ya da geç bunun olacağını biliyordum ama elbette kâbusumun bu kadar yakın zamanda gerçekleşeceğini düşünmemiştim. Bugün oldu işte: Annemle babam, küçük kardeşim Iggy'yi benim odama taşımaya karar verdiler.

Aman ne büyük mesele, Daniel, diye düşünüyorsun belki de. Bir sürü çocuk yatak odasını kardeşleriyle paylaşmak zorunda kalıyor ve bu konuda şikâyet etmiyorlar. Hatta bazıları bundan hoşlanıyor bile.

Iggy'nin sadece birkaç aydır tuvalet eğitimi aldığından söz etmiş miydim?

Ve eğer küçük, sevimli, daha yeni yürümeye başlayan bir çocuğu gözünüzün önüne getirirseniz, Iggy'nin neredeyse dokunduğu her şeyi kırdığından söz etmeme gerek kalmaz sanırım? Örneğin, beş saat harcayıp yaptığınız kırılabilir Gezegen Patlatan Teknoblok uzay aracı modellerinden varsa, Iggy

odaya girdiği anda, bunu sil baştan yapmaya hazır olsanız iyi olur çünkü Iggy, bütün hava filosunu yaklaşık bir saniyede kırabilir.

Iggy bir şeye sinirlendiğinde -ki uyanık olduğu zamanın yarısında sinirlidir neredeyse- eğer on beş metre yakınındaysanız ve yüksek sesten hoşlanmıyorsanız, kulak tıkacı alsanız iyi olur.

Peki, neden Iggy ikizi Dottie ile aynı odayı paylaşmak yerine benim odama taşınıyor şimdi?

Çünkü Iggy karyolasını kırdı ve yeni bir yatağa ihtiyacı var. Annemle babam benim ranzamın onun için mükemmel bir yer olacağını düşünüyorlar. Bu arada, her şey bu sabah, Iggy ve Dottie karyolalarının üzerinde zıplayıp, "İşte bu, evet! işte bu, evet!!" diye bağırdıkları sırada başladı.

Birden gürültüyle ÇAT! diye bir ses duydum ve sonra daha alçak bir ses: "Uf."

Dottie: "Iggy yatağını kığdı!" diye konuşmaya başladı.

Annem ve babamla hemen Iggy ve Dottie'nin odasına koştuk. Iggy'nin karyolasına bakakaldık, tamamen çökmüştü; Iggy'nin yatağı yerdeydi.

"Olacağı buydu," dedi annem. "Bu karyola artık onu taşımayacak; daha büyük bir yatağa ihtiyacı var."

"Onun daha büyük bir *eve* ihtiyacı var," dedi babam. Babam, üç çocuğunu da yaşamaları için bir çiftliğe göndermekle ilgili espri yapmayı sever. Onun şaka yaptığını biliyorum.

"Belki de ona büyük bir kafes alabiliriz," diye

Iggy
karyolasını kığdı!

önerdim. "Hayvanat bahçesindeki maymun evi gibi."

"Yatağım kığıldı!" diye bağırdı Iggy. Sanki bize açıklama yapmasına gerek varmış gibi.

"Bence artık zamanı geldi," dedi annem.

"Maymun kafesinin mi?" diye sordum.

"Iggy'nin taşınma zamanı bugün."

Hemen arkasından neyin geleceğini biliyordum. "Ah, hayır," dedim. "Asla!"

"Daniel, odanı Iggy'yle paylaşman gerektiğini biliyordun. Birlikte iki erkek. Bu sadece beklediğimizden biraz daha erken oldu."

"Annen haklı," dedi babam. "Iggy'nin yeni bir karyolaya ihtiyacı var ve senin ranzan var."

"Senin ranzanın alt katında yatabilir, sen de üst katında yatarsın," diye ekledi annem.

"Aslında Iggy'nin Dottie'yle bir odayı paylaşması daha mantıklı," diyerek karşı çıktım, "çünkü onlar birbirlerini SEVİYORLAR."

Iggy ve Dottie'nin genelde şaşırtıcı bir şekilde iyi geçindikleri doğru. Belki de ikiz oldukları içindir. Belki de Iggy'nin kırabileceği robot veya uzay gemisi oyuncaklarına Dottie'nin sahip olmamasındandır. Ya da belki de Iggy gerçekte Dottie'nin prenses kostümlerini giymesinden ve genellikle bir şeylere çarpıp kırarak sonlanan, kendi etrafında fırıl fırıl dönmesinden zevk alıyordur.

"Iggy, babamla senin yanına taşınabilir," diye önerdim.

"Bizimle aynı odayı paylaşamaz," dedi annem.

"Neden olmasın?"

"Çünkü paylaşamaz."

Görünüşe bakılırsa, annemle babam Iggy'yle aynı odayı paylaşmayı benden daha fazla istemiyorlardı.

"Iggy, tatlım, hadi Daniel'in odasına taşınmak için eşyalarını hazırlayalım." dedi annem.

"Daniel'in odası mı? YAŞASIN! HARİKA!" Iggy heyecanlandı. "Daniel'in odası! SÜPER!"

"BENİM ODAMA TAŞINMIYOR!" diye bağırdım. Sonra düşünmek için odama gittim.

Seçeneklerimi düşündüm:

1. Odamın kapısına barikat kurabilirdim. (Hayır, gerçekçi değil, annem ve babam bir şekilde içeri girerlerdi.)

2. Bodruma taşınabilirdim. (Hayır, orada çok fazla örümcek var.)

3. Iggy'yi uyku tulumunun içine yuvarlayıp camdan dışarı fırlatabilirdim. (Çok zor. Battaniyesinin içine ona tuzak kurmaya çalışırsam, Iggy yabani bir hayvan gibi dövüşürdü.)

Sonunda beklenen oluyordu. Küçük erkek kardeşimin istilasından kaçış yoktu, köşeye sıkışmıştım. En sevdiğim Gezegen Patlatan modellerine baktım ve iç geçirdim. Neler olacağını biliyordum: Iggy, bütün oyuncaklarımla saatlerce oynamak isteyecekti ve her şeyi kıracaktı.

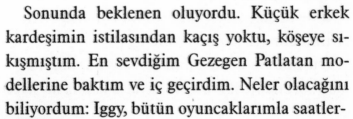

·2·

SAVUNMA

Iggy odama taşınmak için hazırlanırken, ben de küçük erkek kardeşimin istilasına karşı hazırlıklı olmaya karar verdim.

Düşündüm de kendimi ve yaşam tarzımı savunmak zorundaydım. Bu bir hayatta kalma meselesiydi.

En sevdiğim Gezegen Patlatan modellerimi ranzamın üst katına taşıdım, böylece onları daha kolay bir şekilde koruyabilirdim. Etrafımda sert plastiklerle uyumaya çalışmak çok rahatsız edici olacaktı ama en azından her şey Iggy'den uzakta olurdu.

Annem, babam ve Iggy'nin elbiselerini toparladığını, Dottie'yle doğduklarından beri paylaştıkları odadan taşınmaya hazırlandığını duydum ki bu durum Dottie'yi rahatlatıyordu. "Geri geleceğim, Dottie," dedi Iggy. "Yarın seni ziyaret edeceğim."

Birkaç saniye içinde, Iggy odamın kapısında göründü, bir elinde roket gemisini diğer elinde ise futbol topunu sallıyordu. "TA DA!" Iggy en sevdiği mürekkepbalığı külodunun haricinde hiçbir şey giymemişti ve cadılar bayramı kostümünün bir parçası olarak kullandığı takma dişleri vardı. Iggy dişlerine "örümcek dişler" adını taktı çünkü onlar plastik örümcekle süslüydü. Iggy böyle gariptir; neredeyse her zaman ya çıplaktır ya da acayip kostümler giyer.

"Bak, Dano!" dedi Iggy, ağzını göstererek. "Örümcek disler!"

"Iggy, Gezegen Patlatan oyuncaklarıma dokunamazsın, tamam mı?"

"Tamam, Dano," dedi gülümseyerek. İtiraf etmeliyim ki Iggy gülümsediğinde çok sevimli bir çocuk oluyordu.

Ama sonra Iggy ranzamın merdivenlerinden üst kata tırmanmaya başladı ve sevimliliği son buldu.

·3·
ŞAPUR ŞUPUR KUTUSU

ÇAT!

Iggy bir anda ranzanın üst katına tırmandı ve en sevdiğim Gezegen Patlatan uzay gemisi oyuncağım olan aracımı kaptı. Ondan zorla almaya çalıştım ama beklemediğim kadar güçlüydü. Iggy çekti. Ben daha sert çektim. En sonunda ikimiz de sırt üstü düştük ve arabam düşüp parçalara ayrıldı. Yerde yatarken dağılan parçalara bakakaldık.

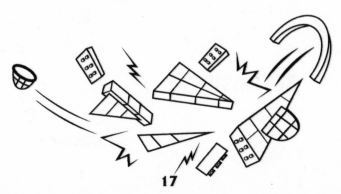

"Şimdi ne yaptığına bak!" diye bağırdım. "Ranzanın üstüne bile çıkmaman gerekiyordu!"

"SEN kığdın onu!" diye Iggy de bağırdı.

"Onların HİCBİRİNE ASLA dokunmamanı söylemiştim sana!" Yastığımı kılıfından sallayıp çıkardım ve tutabileceğim şekilde tüm Gezegen Patlatan modellerimi boş kılıfın içine doldurdum. Tıka basa oyuncakla dolmuş kocaman yastığımı duvarla sırtımın arasına destek yaptım.

"Bana ver!! O BENİMİSİ!!!"

Iggy'yi yastık kılıfımdan uzak tutmaya çalışarak arkama yaslandım. Bu süre içinde, modellerimden bir çift daha yanlışlıkla kırıldı. "Hayır, Iggy, onlar benim. Neyse, 'benimisi' diye bir kelime yok."

Yıllardır oynamadığım bebek işi, eski bir plastik arabayı aldım ve Iggy'ye onların yerine bunu vermeyi teklif ettim. "İşte," dedim. "Bu senin olabilir."

Iggy'nin yüzü kızarmaya ve kabarmaya başladı; ki bu, volkandan patlayan bir lav gibi esip gürleyici bir çığlık atmaya hazırlanıyor anlamına geliyordu. Eyvah, dedim. *Sessizlik ne kadar uzun, yüzü ne kadar şiş olursa çığlığı da o kadar yüksek sesli oluyordu..*

Kulaklarımı kapattım ve geçmişteki öfke nöbetlerinin en kötüsü için kendimi hazırladım. Sonunda patladı.

"HAYIIRRRRRR!!!!!!!!!" Iggy arabayı yatak korkuluklarının üzerinden fırlattı ve Gezegen Patlatan modellerimle dolu yastık kılıfımı hedef aldı.

Iggy ele geçirmeden, hemen yastık kılıfımı yataktan fırlatmayı başardım. Ama ne yazık ki plastiklerle dolu yastık kılıfım tam o anda odaya giren babamın yüzüne çarptı.

Iggy haykırıyordu. Gürültüyü duymamak için battaniyemin altına gizlenmeye çalıştım.

Annem elinde dondurulmuş sebzelerle dolu iki poşetle odaya koştu. Iggy'nin eline dondurulmuş bezelyenin olduğu poşeti bastırdı, babama da yanağına gelecek şekilde dondurulmuş havuç olan poşeti uzattı. Annemle ilgili tuhaf şeylerden biri de şu: İnsanların bir yeri ağrıdığı zaman, annem onlara yara bandı veya buz torbası yerine, dondurulmuş sebze verirdi. "Bu, şişliğin inmesine yardımcı olacak," diye açıklardı.

O an annem sıkıntılı bir sesle: "Daniel ve Iggy!!

Bir odayı paylaşmak, oyuncakları da sırayla, kavga etmeden paylaşmak anlamına gelir. Madem bu oyuncaklar sorun oluyor, siz ikiniz anlaşmanın bir yolunu bulana kadar Şapur Şupur Oyuncak Kutusu'nun içine gidecekler," dedi.

"Hayırrrrr!" diyerek ikimiz de bağırdık. "ŞAPUR ŞUPUR KUTUSU olamaz!"

"Şapur Şupur Kutusu" biz sorun çıkardığımızda annemle babamın oyuncaklarımızı sakladığı yerdir. Ben daha küçükken, Şapur Şupur Kutusu'ndan korkardım, çünkü annemle babam onun hakkında konuştuklarında çok gizemli davranırlardı.

"Neye benziyor?" diye sorardım.

"Şapur Şupur Kutusu gerektiğinde büyük ya da küçük olabilir," derdi babam. "Çocuklar yaramazlık yaptığında her büyüklükteki oyuncağı yiyor."

"Ama nerede?"

"Olmak istediği herhangi bir yerde olabilir," derdi annem.

Artık daha büyüğüm, Şapur Şupur Kutusu'nun, Iggy ve benim uslu durarak onları geri kazanana kadar annemle babamın oyuncaklarımızı sakladığı bir karton kutudan ibaret olduğunu biliyorum. Bir de, eğer evimde yaşayan ve oyuncaklarımı yiyen bir kutu olduğu fikrini çok fazla düşünürsem, kafayı yiyebilirim.

Annemle babamın en sevdiğim eşyalarımı benden alışını izlerken, çok teşekkürler Iggy, dedim içimden. Iggy ile odayı paylaştığım ilk günümde en sevdiğim Gezegen Patlatan modellerimi çoktan kaybetmiştim bile.

Sanırım bundan daha kötüsü olamaz, diye düşündüm.

Ne yazık ki tamamen yanılmışım. Zaman ilerledikçe çok daha kötüsü olacaktı.

· 4 ·

CHAUNCEY MORBYD

Annem Iggy için öğle uykusu zamanı olduğunu söyledi ve ben de yatağımda yatması için onu yalnız bıraktım. Bundan sonra ne yapacağıma karar vermeye çalışarak, salonda durmuş öylece pencereden dışarı bakıyordum. Kitap okumayı ya da aşağı sokakta oturan arkadaşım Chauncey Morbyd ile oynamayı canım istemiyordu. Bunların yerine, bitişiğimizdeki eve yeni taşınan ailenin çocuğunu izledim.

Yeni çocuk, bahçe işlerine oldukça ilgili gibi görünüyordu, çünkü kürekler ve tırmıklarla, meyve ve sebze ekmeye yaradığını tahmin ettiğim bazı tuhaf görünümlü araçlarla dışardaydı.

Kendimi tanıtmak için oraya gitmeyi düşündüm ama yeni insanlarla tanışmaktan biraz çekiniyordum. Yani tamamen yabancı olan birinin yanına gidip pat diye kendini tanıtıp, "tanıştığıma memnun oldum" türünde cümleler kuracak birisi değildim.

Tam o sırada kapı zili çaldı, dolayısıyla kapıyı açmak için atıldım. Gelenin Chauncey Morbyd olduğunu biliyordum. Annesi hiç şeker yemesine izin vermediğinden, atıştırmalık düzgün bir şeyler aramak için, genellikle en az günde bir kere bizim eve uğrardı.

Ve haklı çıkmıştım.

"Sakızın var mı?" diye sordu Chauncey ben kapıyı açtıktan sonra.

"Emin değilim," dedim. "Sanmam."

"Annene sorabilir misin?" Cauncey doğruca içeri

girdi. Davet edilmeyi asla beklemezdi ki bu durum annemle babamı gerçekten rahatsız ederdi.

Annem bodrum katında çamaşır yıkıyordu. Aşağıya kadar inmeyi istemedim, bu yüzden kapıyı açtım ve bodrumun merdivenlerine doğru seslendim: "ANNE, HİÇ SAKIZIMIZ VAR MI?"

"HAYIR!" diye cevapladı.

"Annem yok dedi," diye söyledim Cauncey'ye.

"Babana da sorabilir misin?"

"Burada değil, Dottie'yi parka götürmek için şimdi evden çıktı."

Chauncey annemin çantasını gizlice alıp karıştırdı ve içinde sakız aradı.

"Bırak şunu!" diye fısıldadım. "Başımızı belaya sokacaksın."

"Oh be!" Chauncey annemin çantasının altına yapışmış kirli, ezilmiş sakızı aldı. "Bak, annenin sakızı varmış işte!"

Çıt diye bir ses duydum, döndüğümde kapı aralığından Iggy'nin bize baktığını gördüm. Chauncey'yi gördüğü sırada, yatak odasından fırlayıp: "HEY, CHAUNCEY! BEN ARTIK BÜYÜK BİR ÇOCUK! DANO'NUN BÜYÜK ÇOCUK YATAĞINI ELE GEÇİRDİM!" diye bağırdı.

"Hey, Iggy!" Cauncey sanki Iggy'ye büyük bir iştahla sır veriyormuşçasına yaklaşıp eğildi. "İçinde Cadılar Bayramı'ndan kalan eski şekerlerin olduğu çantayı hatırlıyor musun? O, hâlâ sende mi?"

Iggy ve Dottie'nin çok eski Cadılar Bayramı şekerlerini sakladıkları gizli bir zulaları vardır. Chauncey bize her geldiğinde ona da biraz vermelerine zorlardı.

Iggy başını iki yana salladı. "Annem onları attı. Ama annemin marşovovoların birazını nereye sakladığını biliyorum!"

Chauncey bana döndü: "Hı? Marşo-vovolar da ne?"

"Yani marşmelov demek istiyor," dedim.

Iggy mutfak tezgâhına çıkıp annemin bayat rengârenk marşmelovlarından birazını sakladığı dolabı açtı. Bayat ve taş gibi serttiler ama Iggy ve Chauncey umursayacak gibi durmuyorlardı. İkisi de ağızlarına avuç dolusu marşmelov attılar. Hatta Chauncey, daha sonrası için ceplerine de doldurdu.

Annem her zaman şeker yemek Iggy'yi "azdırıyor" der. Annemin bunu deme sebebi belki de bir dakika sonra Iggy ve Chauncey'nin "Mürekkep Çocuk ve Mavi Ucubeler Dövüşü" isimli bir oyun oynayarak evin içinde koşturuyor olmalarıydı. Bari onlara katılayım dedim, böylece ben de başladım koşturmaya.

Gerçekten güçlü kuvvetli bir kardeşiniz yoksa bunu evde denemenizi tavsiye etmem ama Mürekkep Çocuk ve Mavi Ucubeler Dövüşü oyununun nasıl oynandığını merak ediyorsanız, işte:

IGGY BİZİ KOVALAR.	BİZ IGGY'Yİ KOVALARIZ.

IGGY'NİN ÜZERİNE ATLARIZ.	IGGY'Yİ BATTANİYENİN İÇİNDE DÜRÜM YAPARIZ

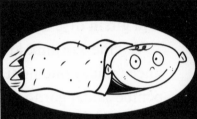

Eziliyorum! Nevef alamıyorum!!

Burada neler oluyor çocuklar?!

Ne?

Daniel'in fikriydi.

CHAUNCEY BÜTÜN SUÇU BENİM ÜZERİME ATAR VE BAŞIM BELAYA GİRER.

Iggy ile Mürekkep Çocuk ve Mavi Ucubeler Dövüşü oynamak genellikle çok eğlencelidir ama bu kez üzerine atladığımda yüzüme tekme attı.

"Ah!" diye bağırdım. Onu her zamankinden biraz daha sert azarladım ama şansıma tam da o anda annem odaya girdi ve bütün bağrışmalarımıza tanık oldu.

Annemi gördüğü anda, Iggy sırf benim başım belaya girsin diye ağlamaya başladı.

Ve yine şansıma ki annem halıya baktı ve Chauncey'nin ağzından düşürmüş olabileceği bir parça pembe sakızı gördü.

"Sakızı kim yerde bıraktı?!" diye sordu annem.

"Ben bırakmadım, Bayan Loomis," diye yalan söyledi Chauncey. "Annem sakızın dişlerim için zararlı olduğunu söyler. Daniel'in sakızı olmalı."

"Benim sakızım değil ve bunu sen de biliyorsun!"

Chauncey tam bir belaydı. Ne zaman gelse başım hep derde giriyordu.

Annem güzelce oynamadığımız için, Chauncey'nin eve gitme vaktinin geldiğini söyledi.

Benim için iyi oldu, Chauncey'nin başımı derde sokmasına memnun olmamıştım ve başka bir Mürekkep Çocuk ve Mavi Ucubeler Dövüşü oyununu oynayacak halim de yoktu.

"Iggy, uyuman gerek," dedi annem.

"ASLA!!" diye bağırdı Iggy.

Annem Iggy'yi elinden tutup sürükleyerek yatak odama geri götürdü.

Chauncey gittikten sonra, salondaki pencerenin önündeki yerime geçtim ve yeni çocuğun hâlâ ön bahçede olduğunu farkettim. Sanki hayatında şimdiye kadar gördüğü en şaşırtıcı şeyi keşfetmişçesine, yerde gözünü ayırmadan bir şeye bakıyordu. Küçük bir mikroskopa benzeyen bir alet yardımıyla, oradaki her ne ise eğilmiş onu inceliyordu. Küçük çanta ve kutuların içine bir şeyler koyduğunu gördüm.

Daha önce kendi ön bahçesine bu kadar ilgili davranan birini görmemiştim ve onu izlemek beni meraklandırdı. Aslında merakımdan utancımı unutmuştum. Ayrıca etrafta beni utandıracak Iggy olmadığından kendimi tanıtma şansımın olduğunu da düşündüm.

Yeni çocuğun ne iş çevirdiğini anlamak için yanına hemen gitmeye karar verdim.

·5·

YENİ ÇOCUK

Daha ben merhaba demek için ağzımı bile açmadan, "Selam Daniel," dedi yeni çocuk.

"Adımı nereden biliyorsun?"

"Şey, annenle baban benimkilere ikimizin bir ara birlikte zaman geçirmemizi istediklerini söyledi," diye açıkladı. "Ben Alistair," diyerek elini uzattı, ben de sıktım.

Tokalaşması biraz resmiydi, onun yaşındaki bir çocuk için bunun biraz garip olduğunu düşündüm. Ayrıca Alistair'in, daha önce gördüklerimden farklı, havalı bir saat taktığını fark ettim. Çokça yuvarlak ekranla ve bir sürü küçücük düğmelerle doluydu; bana bileğine takılı küçücük bir uzay gemisini hatırlattı.

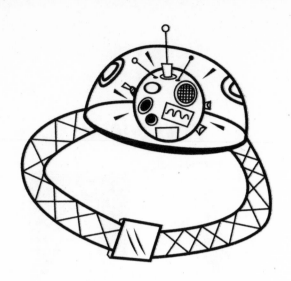

Alistair'in yüzü bir yandan da bana tanıdık geldi. Bir yerden onu tanıdığıma emindim.

Bu yeni çocuğu bir yerden tanıyorum! diye düşünmeyi sürdürdüm. *Ama nereden?*

Alistair tuzağa düşürüp küçük bir kapta sakladığı böcek koleksiyonunu gösterdi bana: Türlü türlü tırtıllar, kınkanatlılar, uğur böcekleri, örümcekler ve kelebekler. Bir hayli ilginçti çünkü Alistair'ın böceklerinden birkaç türünü daha önce bahçemde hiç fark etmemiştim.

"Onlarla ne yapıyorsun? diye sordum.

"Her zaman yaptığımı," diyerek omzunu silkti. "Onları gözlemleyip not alıyorum, bazı moleküler ve genetik analiz yapıyorum."

"Moleküler ve genetik analiz"in ne demek olduğunu bilmesem bile, kulağa epey havalı geliyordu.

Farklı renklerde berrak jöleye benzer bir şeylerle dolu, tuhaf görünümlü tüplerin bulunduğu kaplardan biri ilişti gözüme; burası minyatür bir bilim laboratuvarını andırıyordu. Tüplerden bazıları canlı, bazıları ölü böcekleri kapsıyordu ve bazıları da renkli sallanan şeylerle tuhaf nesneleri içeriyordu. İçinde gerçekten tuhaf bir şey olan bir tüp fark ettim. Sanki bir tür deniz canlısının dokunaçı gibiydi.

"Bu nedir?" diye sordum, işaret ederek. Yakından bakmaya çalıştım ama Alistair tüm kaplarını alıp çabucak ön verandaya yaslanan çantasına sakladı. "Bunları güneşte bırakmamalıyım," dedi. "Böcekleri keserek incelemek ve DNA'larını araştırmak için onları bu kapta muhafaza ediyorum."

Şaşkın bakmış olmalıyım ki Alistair bana DNA hakkında bilgi vermeye başlamıştı: "Her canlının hücresinde bir çeşit gizli kod vardır," dedi Alistair. "DNA hücreye ne tür protein yapacağını söylüyor, vücutta ne yapıyor olması gerektiğini hücreye anlatan bir dizi emir gibi."

"DNA'nın ne olduğunu biliyorum," dedim. Dürüst olmak gerekirse, ayrıntıları unutmuştum ama kısa veya uzun olmakla ve gözlerin mavi veya kahverengi olup olmaması ya da buna benzer şeylerle ilgili olduğunu hatırladım.

Alistair omuz silkti. "Neyse, büyük ihtimalle birkaç günlüğüne canlı böcekleri inceleyip, sonra da gitmelerine izin vereceğim." Alistair, içinde canlı çekirge olan kavanozlardan birini aldı. "İşte, birine bakmak ister misin?"

Alistair oldukça güçlü bir büyüteç yardımıyla çekirgeye bakmama izin verdi. Ardından küçük çekirgeyi nasıl bulup yakaladığını ve böcek avcısı kutularının bir tanesinde nasıl sakladığını gösterdi.

Tam o sırada, Chauncey'yi sokağın birkaç ev aşağısındaki evinin bahçesinde gördüm. Orada sadece durmuş bir sopayla ağaca vuruyordu. Aniden saklanır gibi yaptım. Eğer Chauncey, beni ve Alistair'i görürse, buraya gelir ve gizlice eve girip marşmelovları çalmak için bizi evime girmeye ikna etmeye çalışır ya da Iggy'yi uykusundan uyandırır diye düşündüm. (Chauncey'nin yeni doğmuş bir kız kardeşi ve bir de ablası var ama o bizim evde Iggy ile oynamayı tercih ettiğini söylüyor. Neden? Çünkü Iggy'yi battaniyesine sarıp onun üzerine oturmak çok eğlenceli.)

"Hey-" dedi Alistair, "Gelip, Gezegen Patlatan Teknoblok modellerime bakmak ister misin?"

Alistair zihnimi okuyabiliyor gibiydi. "Elbette! Hadi hemen gidelim!" Alistair'i içeriye kadar takip ettim, Chauncey ile geçirilen bir öğleye mola vermekle rahatladığımı hissettim. Ayrıca Alistair'in evinde oldukça havalı oyuncakları olduğunu tahmin ettim.

Ve biliyor musun, işte bu kez tamamen haklı çıktım!

· 6 ·

GEZEGEN PATLATAN

*T*amam, dürüst oluyorum, içeri girdiğimde ilk fark ettiğim şey, Alistair'in evinin tuhaf kokusuydu. Kendimi bir tabak dolusu en sevmediğim sebze yemeğinin karşısına geçip oturmuşum gibi hissettim.

Ama Alistair'in odasını gördüğümde, koku sorununu çabucak unuttum. Aslına bakılırsa, evi ne kadar kötü kokarsa koksun, bu dönem okuldan geriye kalan zamanda Alistair'in en iyi arkadaşım olacağını kesinlikle biliyordum.

Neden?

Çünkü Alistair'in odasında bulduğum şey, *hayatımda gördüğüm en havalı Gezegen Patlatan koleksiyonuydu.* Ve inan bana, bunlardan çok fazla gördüm, Gezegen Patlatan filmlerinin hepsini izledim ve var olan Gezegen Patlatan Teknoblok uzay gemisi modellerinin neredeyse yarısını yaptım. Her şey vardı. Çok nadir de olsa Sargonyan Yok Edici ve Pyrokyte Sabitleyici bile.

Şaşkına dönmüştüm. "Bunların hepsini sen mi yaptın?"

"Evet," dedi. "Eğer hoşuna gittiyse bir tanesi senin olabilir."

"BİR TANESİ BENİM OLABİLİR Mİ?!"

"Evet."

Alistair'e bakakaldım. Birdenbire, neden bana bu kadar tanıdık geldiğini anladım. "Hey!" dedim birden. "Şimdi anladım seni nereden tanıdığımı! Zip Starwagon'a benziyorsun sen!"

"Hani o, en sevdiğin filmdeki çocuk mu?"

Alistair'e baktım. "Gezegen Patlatan filminin en sevdiğim film olduğunu nereden bildin?"

"Ah, sadece tahmin ettim, Gezegen Patlatan oyuncaklarını sevdiğin için."

"Tahmin mi ettin?" Alistair'in konuşma biçiminde bir gariplik vardı.

"Gezegen Patlatan benim de en sevdiğimdir," dedi.

Alistair'in yüzünün, en sevdiğim Gezegen Patlatan filmindeki tek insan karaktere benzediği doğruydu. Birden odasına bakarken şansıma inanamadım, en sevdiğim gösterilerin bir parçasıymış gibi hissettim, oyuncaklar bir aileye dönüşmüş ve bitişiğimizdeki eve taşınmıştı.

"Yok Ediciyi al," dedi Alistair. "En sevdiğin olduğu için."

Haklıydı, en sevdiğimdi. "Emin misin?" Sargonyan Yok Edici eğer bana ait olmuş olsaydı, hediye etmeyi aklımın ucundan bile geçiremezdim.

"Senin en sevdiğin Gezegen Patlatan modeli hangisi?" diye sordum.

Alistair başını yana eğdi ve odasının etrafına bakındı. Orada ne kadar şaşırtıcı modellerin olduğunu göz önüne alırsak hiç de heyecanlı görünmüyordu.

Burası benim odam olsaydı, diye düşündüm, *bütün gün sadece burada oturur ve hiç dışarı çıkmazdım.*

"Hepsi çok ilginç," dedi sonunda Alistair, " ama modası geçmiş."

"Modası geçmiş mi?" Bu yorum benim için hiçbir şey ifade etmiyordu. Galaksileri boydan boya geçen uzay gemileri nasıl olur da "modası geçmiş" olurdu?

"Şey, yani demek istediğim, bunlar mağazadan alabileceğin en yeni modelleri değil," diye açıkladı Alistair.

"Senin taktığın saate ne dersin?" diye sordum. "Onun da mı modası geçmiş?"

"Bu saat modası geçmişin tam tersidir," dedi Alistair ciddi bir sesle. Sonra şaşırtıcı bir şey yaptı: Gezegen Patlatan modellerinden birinin yönünde saatini işaret etti ve bir düğmeye bastı. Sonrasında gördüm ki, uzay gemisi modeli odanın çevresinde

uçuyordu! Tıpkı bir sihir gibi, Teknoblok modelini harika bir robot uçağına çevirmişti!

İzlerken ağzım açık öylece durdum. Anlatabileceğim kadarıyla, uzay gemisi modelinin motoru veya pilleri yoktu, peki öyleyse nasıl uçabilirdi?

"Saati ben de deneyebilir miyim?" Alistair'in bileğinden saati kapıp bütün düğmelere basmamak için yapabildiğim her şey buydu.

"Peki... Gerçekten bununla çok dikkatli olmalısın..."

Alistair'in bu harika saate dokunmama izin vermek istemediğini söyleyebilirim.

"O, gerçek bir oyuncak değil."

"Endişelenme," dedim. "Dikkat edeceğim."

"Hayır, GERÇEKTEN dikkatli olmalısın."

"Tamam. GERÇEKTEN dikkatli olacağım."

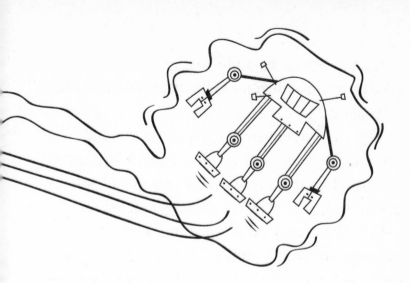

"Düğmelere gelişigüzel basma."

"Neden?"

Alistair dehşetle baktı. "Ne demek, 'Neden?'"

"Pekâlâ diğer tuşlar *ne işe yarıyor?* Alistair, bana saati takmam için izin vermekten vazgeçecek diye endişelendim.

"Bunu açıklamak çok uzun sürer," dedi Alistair, "ama inan bana, bu saatin üzerindeki yanlış düğmeye basmak istemezsin. İkimizin de başı BÜYÜK belaya girer.

Alistair'in, uçağın kontrolden çıkıp cama ya da bir şeye çarparak patlamasından endişeleniyor olabileceğini anladım.

"Bak," dedim, "Sana söz veriyorum, başka düğmelere dokunmayacağım. Sadece bir kez denememe izin ver, tamam mı?"

Alistair bir an düşündü ve sonra saati dikkatlice çıkarıp benim bileğime taktı. Saat beklediğimden daha ağırdı.

Alistair, Sargonyan Yok Edici'nin yönünde saatini işaretlerken bana hangi düğmeye basacağımı gösterdi. Birkaç saniye sonra, küçük aracın ışık saçmasını ve yerden sessizce yükselişini izledim.

İçimden: Vay, canına!! dedim. Heyecanla aşağı yukarı zıplıyordum çünkü Alistair'in harika saatinin yardımıyla gerçekten uçabilen yeni bir Sargonyan Yok Edici verilmişti bana. En sevdiğim Gezegen Patlatan'larla dolu odası olan yeni bir arkadaşım vardı –Teknoblok modellerini her çeşit robot türüne nasıl dönüştürebileceğini bilen bir arkadaş!

Şimdiye kadar karşılaştığım en yetenekli çocuğun, Alistair olduğuna karar verdim. Biraz tuhaf olsa bile.

·7·

BROKOLİ ÇİFTLİĞİ

Bendeki de şans işte! Alistair ile mükemmel bir gün geçirdiğimi düşündüğüm sırada, yukarı baktım ve pencereden bize bakan bir çift dürbün gördüm. Dürbünün arkasındaki çocuk takma sakal ve bıyıkla kılık değiştirmeye çalışmıştı ama ben onun hemencecik Chauncey olduğunu anladım.

Chauncey, gece görüşlü gözlüklere ve çok güçlü dürbünlere ve farklı kılıklara sahiptir ama onunla casus oyunları oynamak hiç eğlenceli değildir, çünkü havalı casus takımlarının hiçbirini paylaşmaz. Ayrıca, sadece kendilerini çoktan izleyen ajanın o olduğunu bilen ve kendilerini yalnız bırakmasını

uman insanları gözetler. Chauncey'yi ajanlıkta en fazla eğlendiren şey, diğer insanları çıldırtmaktır.

Alistair'e, Chauncey'yi görmezden gelmenin en iyisi olduğunu söyledim. Gerçi bu epey zordu çünkü Chauncey cama vurmayı sürdürüyordu.

Bir daha baktığımda, Chauncey gitmişti, sonunda ajan olmaktan vazgeçtiğini ve eve gitmeye karar verdiğini düşündüm.

Ama sonra Alistair'in annesi odaya geldi.

Bak dışarıda kimi buldum! Senin bir arkadaşın daha geldi, Alistair!

Sanırım Alistair'in annesi hatasını oldukça hızlı anladı çünkü Chauncey'nin yeni insanlarla tanışma çabası yoktur.

Sanırım bu güzel kokuyor!

Evdeki bu kötü koku da ne?! Bebek kakası gibi kokuyor ya da çürümüş brokoli veya daha büyük bir şey!!

Ocaktaki brokoli çorbası olmalı.

Bak, pişmiş sebze kokusu sevmem ama çevrede en iyi Planet Patlatan koleksiyonuna sahip olan Alistair'in duygularını incitme riskine giremezdim. Ayrıca, bu tür bir kokuya alışıktım, bu nedenle daha fazla önemsememeye başladım.

Alistair, ailesinin sıra dışı yiyeceklere alerjileri olduğundan çok fazla brokoli yemek zorunda olduklarını söyledi. "Aslında," dedi, "brokoli vücudumun sindirebildiği neredeyse tek besindir."

Chauncey kalp krizi geçirmek üzereymiş gibi görünüyordu. "Yani başka hiç bir yiyecek yiyemiyor musun?" diye sordu şaşırmış bir halde. "SADECE BROKOLİ Mİ?!"

Chauncey'nin ne düşündüğünü biliyordum: Alistair'in evindeki atıştırmalıklardan bir şey çıkmaz.

"Çok fazla değil," dedi Alistair. "Aşağı yukarı yediklerimin yüzde doksan beşi brokoliden oluşuyor."

"Yalan söylüyorsun," dedi Chauncey. "Hiç kimse bu kadar brokoli yiyip hayatta kalamaz."

Alistair bizi mutfağına götürdü ve buzdolabının kapısını açtı.

Her öğünde tabağınızda brokoli olması kadar başka hiçbir şey böylesine korkunç olamazdı. Öte yandan, Alistair hiç üzgün görünmüyordu. Belki de gerçekten brokoliyi seviyordu.

"Bak," dedi Alistair mutfak penceresinden dışa-

rıyı göstererek. Alistair'in arka bahçesinde küçük
bir tarla gördük. "Burası bizim brokoli bahçemiz."

"Bir sürü brokoli yetişecek," dedi Chauncey.

"Öyle umalım," dedi Alistair. "Bu bahçedeki top-
rağın pH değeri 6.8 ve içinde bolca organik madde
var, bu nedenle de brokoli yetiştirmek için gerçek-
ten ideal bir yer."

Chauncey ve ben Alistair'e baktık, çocuk sanki
bir brokoliye dönüşmüş gibiydi. Brokoli yetiştirme
hakkında bu kadar çok bilen bir çocukla daha önce
hiç karşılaşmamıştım, bundan eminim.

"Brokoli pastası yeme zamanı geldiğinde, doğum günü partine gelmeyeceğimi hatırlat bana," dedi Chauncey.

"Tamam," dedi Alistair. "Hatırlatırım."

Alistair'in brokoli pastasını gerçekten sevdiğini hissediyordum.

"Bu sebze çöplüğünün çevresinde yapacak başka neler var?" diye sordu Chauncey.

Alistair'in odasına gittik, kendisi kabul etmese de, Chauncey'nin, Alistair'in Gezegen Patlatan Teknoblok modellerinden ve robotlarından etkilendiğini söyleyebilirim. Chauncey'nin şöyle şeyler söyleyip durması canımı sıkmayı sürdürdü: "Aslında benim odam bu odadan daha büyük," ve "Ah, bundan bende de var."

Alistair'in modellerinin aslında Chauncey'nin kendi evindeki herhangi bir şeyden daha havalı olduğunu görmesini istedim. "Hey, Alistair," dedim, "Chauncey'ye saatinle modelleri nasıl uçan robotlara dönüştürdüğünü göstermelisin!"

"Ne saati?" diye sordu Chauncey.

Ardından Alistair'in artık saatini takmadığını gördüm. "Kumandalı saatin nerede?"

"Kumandalı saat da nedir?!" diye sordu Chauncey.

"Şey, sanırım pilleri bitiyor. Çalışmıyordu bu nedenle çıkardım."

Nedense bunun doğru olduğundan kuşkulandım. "Evden sana fazladan pil getirebilirim," diye teklif ettim.

"Özel tipte bir pil gerekiyor," dedi Alistair. "Evinde bulunmaz."

Tahmin ettiğim gerçek şuydu ki Alistair, Chauncey'nin onun özel saatiyle oynamasını istemiyordu.

Chauncey, büyük olasılıkla ilk önce sormadan her düğmeye basacağından Alistair'i suçlayamazdım. Yine de hayal kırıklığına uğramıştım.

"Teknoblok modellerini inşa edebiliriz," dedi Alistair.

Biz modellerin yapımıyla uğraşalı daha yarım dakika geçmeden "Sıkıldım," dedi Chauncey.

"Neden?" diye sordu Alistair.

"Çünkü bu çok SIKICI! Haksız mıyım Daniel?"

"Ben sıkılmadım." Bir şekilde Chauncey'nin bırakıp eve gideceğini umuyordum.

"Hadi saklambaç oynayalım," dedi Chauncey.

"Oynamayalım." Saklambaç, Chauncey'nin en sevdiği oyunlardan biriydi ve her zaman saklanmak için sinir bozucu yerler seçerdi. Bir keresinde, saklambaç oynadığımız sırada, birkaç blok ötemizdeki büyükannemin evine gidip tavan arasına saklanmıştı.

Sonunda Chauncey'yi aramaktan sıkılıp TV izlemek için eve gitmiştim.

"İlk tercihi misafirler yapar, bu bir kuraldır," dedi Chauncey. "Ben misafirim ve saklambaçı seçiyorum."

"Ben de Alistair'in misafiriyim," diye yanıtladım, "ve benim tercihim Teknoblok yapmak."

"Ama onun en yeni misafiri benim," diye iddia etti Chauncey. "Sen SAATLERDİR buradasın. Yani neredeyse burada YAŞIYORSUN."

Tiz bir sesle kahkaha duyduk. Bu, Alistair'di.

"Bu kadar komik olan ne?" diye sordu Chauncey.

"Bilmiyorum!" Alistair de kendi kahkahasına bizim kadar şaşırdı. Bir süreliğine gözlerini dikip Chauncey'yle bana baktı, sonra yeni bir kahkaha patlattı. Birdenbire sanki daha küçük bir çocuğa dönüşmüştü. "Özür dilerim," dedi Alistair soluk soluğa. "İkiniz de *çok tuhafsınız!*"

Chauncey ve ben, Alistair'e baktık. Neden *bize* tuhaf diyordu? Sergilediği davranışlardan sanki dünyadaki en komik filmi izlediğini sanırdınız.

"Duramıyorum!" Alistair karnını tutarak yerde yuvarlandı. "Bu çok garip... Gülüyorum!"

"Tamam, burada yeterince durdum," dedi Chauncey. "Hadi, Daniel. Sizin eve gidelim."

"Ben kalıyorum," dedim. Alistair çok tuhaf davranıyor olsa da, evde Iggy ve Chauncey ile oynamak yerine burada Teknoblok yapmayı tercih ederdim. *Ve belki de Chauncey giderse,* diye düşündüm, *Alistair saatini tekrar takar ve biz şu araçları uçurabiliriz.* Chauncey bundan hoşlanmadı. "Evde olman gerekmiyor mu Daniel?"

"Hayır."

"Annen burada olduğunu biliyor mu?"

"Evet." (Annem aslında bilmiyordu, ama annemin bunu önemsemeyeceğini düşündüm.)

"Ben gidiyorum," dedi Chauncey peşinden gelmemi bekleyerek.

"Hoşça kal," dedim.

Alistair bir süre sessiz kaldı. Oturduğu yerden doğrulup Chauncey'nin kapıdan çıkışını izledi ve sonra yeniden kahkahaya boğuldu.

Chauncey gittikten sonra, Teknoblok üzerine çalışmaya devam ettim. Alistair'in eninde sonunda çılgın kıkırdamalarına son vereceğini ve her şeyin normale döneceğini düşündüm.

·8·
BÜYÜK HATA

Alistair en sonunda gülmeyi kesti ama aksi gibi odasındaki Teknoblokları yapmak için yorgun olduğuna karar verdi. "Şimdi de sizin eve gidemez miyiz?" diye sordu.

Küçük erkek kardeşimle kavga ettiğim için annemin ceza olarak bütün havalı oyuncaklarımı sakladığını ve kardeşimin belki de hâlâ uyuyor olduğu odanın, eskiden benim odam olduğunu açıklamaya çalıştım. Ama bu bizim eve gitmek için Alistair'in ilgisini daha da artırdı.

"Küçük erkek kardeşin ve kız kardeşlerinle tanışmak istiyorum," dedi.

Bu bana oldukça tuhaf geldi. Ancak Alistair'in

evine tekrar davet edilmeyi istiyorsam, bu konuda daha nazik olmalıydım sanırım.

"Elbette, bizim evde oynayamaya gidebiliriz," diyerek iç çektim. Öğleden sonra Iggy'den kaçışım buraya kadarmış, diye düşündüm.

Eve doğru öndeki çimenlik alandan geçerken Alistair, pörtlek gözleriyle dev bir sinek gibi görünen ölmüş böceği almak için duraksadı.

"Bu bir ağustosböceği," dedi. "Yeraltında on yedi yıl yaşıyorlar. Sonra çıkıyorlar, ağaçlara tırmanıyor ve eşlerini cezbetmek için şarkı söylemeye başlıyorlar. Ağaçlardaki sesi duyuyor musun?"

Birkaç gün önce ağaçlardan tuhaf sesler gelmeye başlamıştı ama buna o kadar alışmıştım ki gerçekten fark etmedim.

"Ağustosböceklerinin sesi bu." Alistair sırt çantasının fermuarını açtı ve jöleyle doldurulmuş tüplerden birini alıp içine ölmüş böceği koydu.

"Neden orada bir sürü ölü böceği saklıyorsun?" diye sordum. Keşke Alistair daha yakından bakmama izin verseydi; sırt çantasındaki küçük kaplar oldukça gizemli görünüyordu.

"Her birini, böceklerden bazılarının DNA'larını ayıran, özel bir madde içine koyuyorum. Bu yolla böceklerin genetik kodları üzerine çalışma yapabiliyorum," dedi Alistair.

"Hı-hı." Onun kastettiği şeyi bir şekilde biliyordum.

"DNA, senin bir bitki, bir böcek, bir hayvan veya bir insan olup olmadığını belirler. DNA kodlarını değiştirince tümüyle yeni bir varlık yaratabilirsin."

Ön kapıya doğru geldiğimizde annem bizi karşıladı. Alistair mahallede yeni olduğu için hakkında yüzlerce soru soracağı içime doğmuştu ve de haklı çıktım.

Alistair birdenbire sanki karakolda sorguya çekiliyormuş gibi davrandı. Hiç kimse annemin okulla ilgili sıkıcı sorularını cevaplamaktan hoşlanmaz ama Alistair tuhaf bir şaşkınlık içindeydi. Daha önce okula gitmekle ilgili bir düşüncesinin bile olmadığını düşündüm.

Sonra Alistair ani bir çıkış yaparak, "Yarın Daniel'in okuluna gideceğim!" dedi.

Bana sorarsanız, buna şimdi karar vermiş gibiydi. "Daniel'in sınıfında olacağım," diye ekledi.

Bu hareket sanki annemi memnun etmek için yapılmıştı . "Ah, ne kadar güzel!" dedi.

"Şimdi gidebilir miyiz, Anne?" diye sordum.

"Elbette," dedi annem. "Ve Alistair, yakında kahve içmek için annenle babanı davet edeceğim."

"Kahve içebileceklerini sanmıyorum," dedi Alistair. "Sağlık sebeplerinden dolayı."

"Çay içiyorlar mı?"

"Şey…"

Anneme sevdiğim bazı besinlerin yerine sebzelerin konulması fikrini verebilecek, Alistair'in ailesinin brokoli diyetinden söz etmeye başlamasından endişelenmiştim. Onu, oradan hızla uzaklaştırmam gerekiyordu. "Hadi Alistair," dedim, "Odama gidelim."

"Ah Daniel," dedi annem, "Ben Dottie'nin akşam yemeğini hazırlarken sen ve Alistair, Iggy'ye göz kulak olabilir misiniz?

"Babam onlara bakamaz mı?" diyerek iç geçirdim.

"Baban banyoda meditasyon yapıyor."

Babam banyoda meditasyondaysa, bir süre onu görmeyiz. Kendini düşünürken dinleyebileceği tek yerin evdeki kilitli banyo olduğunu söyler.

Tam o sırada Iggy ve Dottie, Dottie'nin yatak odası kapısını aniden açıp Alistair'e doğru koştular. İkisi de Alistair'i gördükleri için çok heyecanlıydılar, gören de sanki bizim eve onları ziyarete Noel Baba'nın geldiğini düşünürdü.

Ben Alistair'i uzaklaştırmadan önce Iggy ve Dottie, çocuksu oyuncaklarını göstermek için, onu Dottie'nin odasına sürüklediler.

Alistair'in çabucak bu sevimli oyuncaklardan sıkılacağını düşündüm. Ama o sıkılacağına, Iggy ve Dottie'nin ona gösterdikleri her şeyle tuhaf bir biçimde ilgilendi. Yani, daha önce hiç hayvan ve oyuncak bebekleri görmediğini düşünürdünüz. Alistair, Iggy ve Dottie'nin Mürekkepbalığı Çocuk, Mavi Ucubeler gibi çizgi film karakterleriyle ve "Pembiş At" adında icat edip uydurdukları karakterle ilgili yanlış olan anlatımlarını dili tutulmuş bir şekilde dinledi.

Alistair, Dottie'nin "bebek parti elbiseleri" "bebek evi" ve "uçuş uçuş, kabarık tütü eteği" ile ilgili anlattıklarını dinledi.

Iggy, Alistair'e süper kahraman külot koleksiyonunu gösterdi.

Iggy ve Dottie at biner gibi Alistair'in sırtına çıktılar. Alistair, Iggy ve Dottie ile oynarken hiç yorulacakmış gibi görünmüyordu! Onu uzaklaştırmanın bir yolunu bulmalıydım.

Annem o sırada odaya bakmaya geldi. "Birbirinizle güzelce oynadığınız için hepinize teşekkür ederim! Benim komşuya kadar gidip yaptığım tarif için ödünç yumurta almam gerekiyor. Daniel ve Alistair, ben dönene kadar siz çocuklara birkaç dakika göz kulak olabilir misiniz?"

"Elbette, anne," dedim.

Birden harika bir fırsat yakaladığımın farkına vardım: Annem evden çıkınca babamın da meditasyonu devam edeceğinden Şapur Şupur Kutusu'ndan gizlice kimse fark etmeden birkaç oyuncak alma şansım vardı. Alistair'e harika Gezegen Patlatan oyuncaklarımı gösterirsem, diye düşündüm,

Iggy ve Dottie'ye karşı ilgisini hemen kaybedebilirdi.

"Pişşt, Alistair!" diye fısıldadım. "Takip et beni, sana bir şey göstermek istiyorum!"

"Hemen dönerim," dedi Alistair, etkileyici oyuncaklarıyla onu eğlendirerek meşgul eden Dottie ve Iggy'ye. Sanırım ikisi de daha önce onlara bu kadar ilgi gösteren biriyle hiç karşılaşmamışlardı.

"Hadi," diye fısıldadım, üst kattaki, annemle babamın yatak odasına doğru yolu gösterirken . Şapur Şupur Kutusu'nun annemin dolabında olduğunu düşündüm, hep oraya saklardı. "Sana Şapur Şupur Kutusu'nu göstereceğim."

"Şapur Şupur Kutusu nedir?" diye sordu Alistair. Yaramazlık yaptığımızda annemle babamın oyuncaklarımızı sakladığı yer olduğunu anlattım ona. "Teknobloklardan bazılarını Şapur Şupur Kutusu'ndan gizlice alabiliriz," dedim, "sonra şu havalı robotlardan bir tane yapmama yardım edersin."

Parmak uçlarında yürüyerek annemle babamın odasına girdik ve ışığı açtık. İlk keşfettiğimiz şey; büyük bir dağınıklıktı. Annemle babamın dağınık bir odası olması komikti, çünkü dağınık oda bir çocuğa ait olduğu zaman, bu onları birden çılgına çevirirdi. Baktığım her yerde yığınla kirli çorap gördüm.

"Bahse girerim Şapur Şupur Kutusu annemin

dolabındadır," diye fısıldadım. "Bu gibi şeyleri genelde orada saklar."

Alistair kafasını salladı.

Annemin dolabının kapısını açtığım sırada ikimiz de donakaldık.

Annem keçeli kalemle, sivri dişler ve şeytani gülümseyen bir surat çizerek kutunun üzerini süslemişti.

Kutudan en sevdiğim Gezegen Patlatan modellerinden birini almak için uzandığım sırada, Dottie'nin alt kattan bağırdığını duydum. "IGGY! BUNU NEDEN YAPTIN! BU ÇOK İĞRENÇ!"

Eyvah, diye düşündüm. *Ne yaptılar acaba?*

"Benim deney malzemelerim!" Alistair döndü ve odadan koşarak çıktı.

Alistair'i merdivenlerden aşağıya ve sonra da, Dottie'nin odasına doğru takip ettim.

Alistair'le birbirimize bakakaldık. Çünkü odadaki görüntü hiç de hoş değildi.

.9.

BÖCEK ŞEKERİ

Iggy bir grup ölü böceği elinde tutarak yerde oturuyordu, buna Alistair'in bizim bahçede bulduğu ağustos böceği de dâhildi. Her yerde boş kaplar ve cam tüpler vardı. En kötüsü de, yüzü ve saçlarının, Alistair'in böceklerin DNA'larından çıkardığı tuhaf görünümlü bir madde olan rengârenk jel ile kaplanıp yapış yapış olmasıydı. Uğurböceği, sinek, kırkayak ve bir sürü diğer ezilmiş böcekler, Iggy'nin yanaklarına yapışmıştı.

"Tadı İĞRENÇ!" dedi Iggy.

Alistair sırt çantasından bir örtü ve havlu çıkarıp Iggy'nin yüzünü kurularken, solgun görünüyordu. Iggy'nin yumruğundan sümüksü ölü böcekleri aldı ve onları kabına koydu. "Bu böceklerden hiç ağzına koydun mu, Iggy?" diye sordu Alistair.

"Hayır," dedi Iggy. "Sadece böcek şekeri."

Alistair bayılacak gibiydi. "'*Böcek şekeri??*'"

"O, şeker değil, Iggy!" dedim. "Annemle babam sana kaç defa bulduğun şeyleri ağzına atmamanı söyledi? Ve başka insanların sırt çantalarını da açmaman gerekir."

"Böcek şekerine benziyordu," dedi Iggy. "Annemin yaptığı jel böcekler gibi!"

Iggy'nin neyi kasttettiğini şimdi hatırlamıştım. Geçen Cadılar Bayramı'nda annem yeşil ve turuncu jelli solucan sakızı ve bir de içinde yüzen böcek şekerler yaptı. Her zaman yaptığı en iyi tatlılardan biriydi bu. Iggy'nin neden böyle düşündüğünü anlayabiliyordum; Alistair'in sırt çantasındaki kimyasalla kaplı böceklerin tadı, jel ya da solucan sakızı gibi olabilirdi. Fakat yine de sadece iki dakika içinde nasıl olur da bir çocuk bu kadar çok başını belaya sokar?

Annemin "Iggy ve Dottie'ye göz kulak ol," dediğini hatırlayarak *bana çok kızacak* diye düşündüm. "*Annem özellikle Iggy'nin böcekleri yediği sırada benim* üst katta, *Şapur Şupur Kutusu'ndan gizlice oyuncak al-maya çalıştığımı bilirse bana kızacaktı.*

Ancak belki annemin bilmesi gerekmez, diye düşündüm. *Belki de Iggy iyidir ve bu küçük hata bir sır olarak kalabilir.*

Alistair odanın içinde koştururken, kavanozlarının ve tüplerinin kapaklarını kapattı. Farklı kapların kapaklarını çevirirken Iggy'e onlarla ilgili soru sormayı sürdürdü: "Bunlardan hiç ağzına koydun mu?"

Iggy evet anlamında başını salladı. "Bu, iğrenç."

"Bunlardan birine ne dersin?"

"Evet! Süper-mükemmel, iğğk!"

Her defasında Iggy evet dedi, Alistair daha da endişeli görünüyordu. Ben de endişeliydim. Ya Iggy zehirlenmiş olsaydı? Bu durumda başım BÜYÜK belaya girerdi. Iggy'yi acile kaldırmak zorunda kalırdık ve sonra annemle babam benim üst kata gizlice çıktığımı kesinlikle anlarlardı.

"Sence doktora götürmek gerekir mi?" diye fısıldadım Alistair'e. "Annemi çağırayım mı?"

İkimiz de Iggy'ye baktık. Kesinlikle iyi görünüyordu. Hatta her zamankinden daha sağlıklı görünüyordu.

"Yuttuğu şeyler zehirli değil," dedi Alistair. "Her ne kadar öngörülemeyen bazı etkileri olsa da."

" 'Öngörülemeyen' kulağa kötü geliyor," dedim.

Alistair, Iggy'ye doğru yürüdü ve ona daha yakından baktı. "Ağzını aç Iggy," dedi.

Iggy yapışkanlı böceklerle dolu ağzını açtı ve bir yığın iğrenç böcek bacaklarının ve kanatlarının yapışıp kaldığı dilini çıkardı.

Alistair, Iggy'nin iğrenç diline bakarken hiç aldırıyor gibi görünmüyordu. Sadece saatindeki bir düğmeye basarak parlak mavi ışınla Iggy'nin ağzına baktı. Ardından saatinin küçük kapağını açtı ve bir grup düğmeye hızla sanki bir mesaj gönderiyormuş gibi basmaya başladı.

"Alistair, ne yapıyorsun?" diye sordum.

"Bazı bilgileri kontrol ediyorum. İyi haber şu ki Iggy iyi görünüyor. En azından şimdilik."

"Nereden biliyorsun? Alistair, saatinin ışığının olması havalı, ancak sen bir doktor değilsin ve-"

"Panik yapmaya gerek yok, Daniel. Bunu halledeceğim."

"Neyi halledeceksin?"

"Yarın açıklarım. Şimdi eve dönüp birkaç arama yapmam gerek." Alistair eşyalarını topladı ve hızla kapıdan çıktı.

Sonra durakladı ve dönüp bana doğru yavaşça

yürüdü. "Daniel, bunları annenle babana anlatma, tamam mı?"

Olanları anneme anlatmak isteyeceğim son şeydi. Ancak ya Alistair'in söyledikleriyle ilgili hiç bir fikri yoksa? Ya Iggy aslında iyi değilse?!

"Söz veriyorum, iyi olacak," dedi Alistair, endişelendiğimi hissederek.

Alistair'e inanmak istedim. "Tamam," dedim. "Ama Iggy hasta gibi davranmaya başlarsa, onlara söylemek zorunda kalırım."

"Tamam," dedi Alistair. "İyi!" Aceleyle kapı girişindeki basamaklardan aşağıya doğru inerken annem de elinde yumurtayla komşudan dönüyordu.

"Ne o, gidiyor musun Alistair?" diye sordu annem. "Yarın okula Daniel ile birlikte gidecek misiniz?"

"Okul mu?" Alistair aklı karışmış bir halde durakladı. "Aa, evet. Okul. Daniel, yarın görüşürüz okula giderken!"

Alistair'in aceleyle evine dönüşünü izledim. Benim yeni harika arkadaşım bir dâhi miydi? Yoksa tamamen bir çılgın mıydı?

Iggy'ye ne olacağını nasıl merak etmekteydim?

·10·

ANİ BİR UYANIŞ

Iggy'nin böcek-DNA serumu yedikten sonra hasta olabileceğine dair bir belirti bekleyerek akşam yemeği boyunca onu izledim. Yolunda gitmeyen bir şey olursa, dedim kendi kendime, anneme ve babama neler olduğunu söylerim; başım derde girse bile.

Iggy'nin hiç ona söylenmeksizin bir sürü sebzeyi yediğini fark ettim ama bunun dışında iyi görünüyordu.

Yatma vaktine kadar, endişelenecek bir şeyin olmadığına karar verdim.

Karanlıkta yatağıma uzanmış, el fenerimle Mürekkepbalığı Çocuk çizgi romanı okuyorken, Iggy aniden ranzanın üst katına, yanıma atladı.

Ödümü patlattığı gece odamda onu görmeye henüz alışkın değildim. Iggy merdiven kullanmadan aniden yatağıma atladığı için ürktüm.

Ama bu imkânsız, diye düşündüm. *Benim yatağım yerden en az iki metre yüksekte, bu yüzden Iggy'nin merdiven kullanmadan buraya atlayabilmesinin imkânı yok.* Günün erken saatinde Alistair'in böceklerini yedikten sonra daha sağlıklı ve güçlü olduğundan rahatlamam gerektiğini kendime hatırlattım. Ucuz yırttık, dedim kendi kendime.

"Selam, Dano," dedi Iggy, yüzünü bana yaklaştırarak. Dottie'nin Cinderella geceliklerinden birini giymişti ve ağzında da bir emzik vardı.

Gülerek Dottie'nin geceliğini gösterdi: "Bak, Dano! Sindirella!"

"Sindirella hiç güzel değil, Iggy." Iggy, kıyafetlerin bazılarının kızlar için ve bazılarının da erkekler için olduğu temel gerçeğini hâlâ anlamıyor, ayrıca artık emzik kullanması gerekmiyor ama onları mobilyaların altı gibi gizli yerlere saklıyordu. Annem onları her zaman ortadan kaldırır ama o yerine koyacak bir şey bulurdu.

Iggy, çizgi romanımı gördüğünde, "Mürekkepbalığı Çocuk!" diye bağırdı. "Çok güzel!"

Iggy yorganın altından sürünerek yanıma geldi

ve Mürekkepbalığı Çocuk çizgi romanıma birlikte baktık. Bebek şampuanı gibi kokuyordu ve emziği cak cak cak diye tuhaf bir şekilde rahatlatıcı bir ses çıkarıyordu. İtiraf etmeliyim ki aslında yanımda kıvırcık buklelerinin olmasından hoşlandım, yatağımda uyuyan yumuşak, küçük bir hayvan gibi.

Belki de Iggy ile bir odayı paylaşmam için bir işarettir bu, diye düşündüm. *O, benim evcil hayvanımmış gibi yaparım. Bir köpek ya da bir kanguru yavrusuymuş gibi.*

Uyumuş olmalıydım çünkü uyandığımda vücudumun üzerinde ıslak ve ılık bir şey hissettim.

Iggy'nin yatağıma çişini yaptığını fark ettim.

"Iyyk! Kalk Iggy!"

Iggy oturdu. "Lazımlığıma ihtiyacım var."

"ANNE! IGGY YATAĞIMA ÇİŞ YAPTI!"

Birkaç dakika sonra annem ve babam gece yarısı şişmiş yüzleriyle odama geldiler. Babam Iggy'yi alıp banyoya götürdü. Ben pijamalarımı değiştirirken, annem de yatak çarşafımı değiştirdi.

"Iggy'nin üzerime işediğine inanamıyorum!" diye şikâyet ettim.

"Büyük olasılıkla yeni bir yatağa alışkın olmadığı için oldu," dedi annem. "Bir kazaydı, bu yüzden ona kendisini kötü hissettirme, tamam mı?"

Ya BENİM duygularım? diye düşündüm. Bir gün içinde odasında bir grup harika Gezegen Patlatan oyuncakları olan bir çocuktan, odasında *hiçbir şeyi* olmayan, üzerine işenmiş bir çocuğa dönmüştüm. Oda arkadaşı Iggy adında bir bebek dışında hiçbir şey.

Yatağıma tırmandım ve annemle babamın Iggy'yi tekrar yatağa dönme vakti olduğuna ikna etmeye çalışmasını dinledim ve henüz "kavvaltı" vakti değildi.

"Onu giyemezsin Iggy, buna çiş yaptın."

"Bunu giymek istiyorum!"

"Mürekkepbalığı çocuk pijamana ne dersin?"

"Sindirella'yı istiyorum!"

Annem Iggy'yle, Dottie'nin Sindirella geceliği giyip giyemeyeceğini tartışırken, ben Iggy ile olan hayatım hakkında endişelenerek yatağıma uzandım. *Eğer Iggy benim evcil hayvanım olacaksa* diye düşündüm, *belki de yatağı köşedeki bir yığın gazete ol-*

malı. Belki de daha iyisi: Babam arka bahçede küçük bir "Iggy'nin Evi" kulübesi yapabilirdi.

"Altımı bağlama!" diye bağırdı Iggy. "Ben büyüdü!"

"Biliyorum, tatlım ama bu şekilde yatağına çiş yapabilirsin." Annem bezini takıp bağlamak için Iggy'yi ikna etmeye çalışıyordu. "Gece senin için koruma sağlıyor."

"Hayır!" diyerek Iggy ısrar etti. "Ben çıplak uyuyacağım."

"Kes artık Iggy! Bak, bezinin üzerine Mürekkepbalığı Çocuk külodunu giy. İşte şimdi büyük bir çocuk gibi görünüyorsun," dedi annem.

Iggy en sevdiği kar tavşanı battaniyesini arkasından yerde sürükleyip Mürekkepbalığı Çocuk külodunun altından bezini çekiştirerek yatağımıza doğru ayaklarını sürüyerek geldi.

Bu bir hayal miydi yoksa Iggy birkaç saat önce olduğundan daha mı uzundu?

"İyi geceler tatlım." Annem Iggy'yi öptü ve ranzasını biraz daha alçalttı.

"İyi geceler, Daniel."

Annem yorganımı düzeltmek için ranzanın üstüne uzandı.

"Şey, oyuncaklarımı geri alabilir miyim, Anne?"

"Şapur Şupur Kutusu kurallarını biliyorsun, Daniel."

"Ceza olarak üzerine işenmesi yeterli değil mi?"

"Iggy ve sen oyuncakları paylaşmaya hazır olduğunuzda, geri alabilirsin. Yarın ikinizin de daha iyi olacağınıza eminim."

Annemin haklı olmasını ümit ettim ama çok emin değildim. Her nedense, Iggy ve bana çok tuhaf şeyler olmak üzereymiş gibi hissediyordum.

·11·

DANIEL'İN KÂBUSU

Kâbusumda, Iggy yatağında o kadar büyümüştü ki ranza çöktü. Yatak odasına sıkışmıştık çünkü Dev Iggy kapıdan sığamayacak kadar büyüktü. Odadan kaçmamı engelledi.

Yukarı doğru Iggy'nin tombul yüzüne bakıyordum. Bir şey çiğniyordu.

Dev Iggy cevap vermedi. Bunun yerine yutkundu.

Ona bakmak biraz ürkütücüydü. Tombul elleri yastık kadardı.

Iggy teknobloklarımı avuçladı. Sanki onlar patates cipsiymiş gibi ağzına doldurdu. Onları çatır çutur çiğnedi.

ANNE!! IGGY'YE ODAMDAN ÇIKMASINI SÖYLE!!! YATAĞIMI KIRDI VE ŞİMDİ DE OYUNCAKLARIMI YİYOR!!

Daniel, Iggy büyüyen bir çocuk, beslenmesi gerek.

Paylaşmayı öğrenmelisin Daniel!

Daniel, onun büyümesi için gereken her neyse onunla Iggy'nin beslenmesi senin sorumluluğun!

HAYIR! Gezegen Patlatan Teknoblok modellerimi alamaz!

Kötü bir seçim yaptın, Daniel. Devam et, Iggy Ağabey için tatlı zamanı!

Iggy eğilip tombul eliyle beni yakaladı. Ben elinden kurtulmaya çabalarken o gülüyordu. Beyzbol sopası büyüklüğündeki parmaklarına tekme atmayı denedim ama o pis pis sırıtıyordu. Iggy, iri bebek dişlerine doğru beni daha yükseğe kaldırdığında çığlık attım.

"Mürekkepbalığı Canavarları" ile ilgili attığı Iggy'nin çığlık sesiyle uyandım. Annem onu yatıştırmak için odaya geldi.

"Sadece bir rüyaydı Iggy," dedi annem. "Mürekkepbalığı Canavarı diye bir şey yoktur – özellikle bu evde. Güvendesin. Şimdi uykuna geri dön."

Gerçekten tuhaftı, diye düşündüm, *çünkü ben de canavarla ilgili kötü bir rüya görmüştüm.*

Rüyam dışında, canavar Iggy'di.

·12·

KÜLOTLAR VE PANTOLONLAR

Ertesi sabah, Iggy geç yattığı için mızmız uyandı. Onun keyifsiz uyanması oldukça sıra dışıdır. Okul günlerinde bile genellikle büyük bir enerjiyle yataktan zıplar, okul arabasına binmeye değil de, sirk izlemeye gidiyor sanırdınız.

Ama bu kez, Iggy kahvaltı sandalyesine oturdu ve bir kâse mısır gevreğine baktı.

"Bir kaşık mısır gevreği al, Iggy," dedi babam.

"Hayır."

Sadece bir kaşık?"

Iggy yüzünü kâseye batırdı ve bir köpek gibi sütü yalamaya başladı.

"Tamam beyefendi, bence kahvaltını bitirdin," dedi annem.

Annem mısır gevreği kâsesini alırken, Iggy çığlık attı.

"Birisi dün gece iyi uyumamış," dedi annem. "Iggy, kötü bir rüya mı gördün?"

Iggy kafasını salladı. "Çok bötü bir vüya gövdüm!"

"Vüyamda bir mürekkepbalığı beni kavtı!"

"Ve sonra böcek kanatlı bir canavara dönüştüm!

"Sonra Dano, benimle oynamadı ve ben de onu sıkıştırıp ısırdım!"

Kendi kötü rüyamı aniden hatırladığımda midem bulandı: Iggy'nin beni parçalayıp yutmak için yeterince güçlü ve büyük olan dev gibi bir yaratığa dönüştüğü bir kâbus. İkimizin de Iggy'nin bir canavara dönüşmesi ile ilgili kâbuslar görmemiz oldukça tuhaftı. Belki de sadece bir tesadüftü ama kendimi kötü hissettirdi.

Bundan sonra Iggy ile aynı odayı paylaşacak olmam nasıl bir şey olurdu? Kâbuslu bir hayat ve gece yarısı çişi mi?

"Iggy ve Dottie, hadi," dedi annem. "Giyinmek için acele etmeniz gerekiyor."

Birkaç dakika sonra, Iggy ve Dottie ne giyecekleri hakkında annemle tartıştılar. Iggy, külodunu kot pantolonunun altına giymek yerine üzerine giymek istedi. Dottie, günlük giydiği elbiselerinin veya pantolonlarının yerine prenses geceliğini giymek istedi.

"Iggy," dedi annem, "külodunu pantolonunun içine giyeceksin."

"Ama Mürekkepbalığı Çocuğu'nu pantolonumun üzerinde görmek istiyorum," diyerek karşı çıktı Iggy.

"Iggy," dedi annem, "büyük çocuklar külotlarını pantolonlarının üzerlerine değil, içlerine giyerler."

"AMA ONLARI GÖRMEK İSTİYORUM!"

Annem Iggy'yi bıraktı ve dikkatini Dottie'ye verdi. "Dottie tatlım, geceliğinin yerine bu sevimli elbiseni giymeye ne dersin?"

"BUNDAN NEFRET EDİYORUM!" diye çığlık attı Dottie. "Üstüne basıp ezeceğim onu!"

Babam kıkır kıkır gülerek masadan kalktı. Lavaboya yürürken, "Böylesine Harika Olacağını Asla Bilemezdim!" adında harika çocuklarıyla süper vakit geçiren ve bundan fazlasıyla memnun bir baba ile ilgili bir şarkı uydurdu. Babamın uydurduğu şarkılar bu evrende en sevmediğim şarkılardır ama o yine de onları söylemeyi sürdürür.

Hemen sonra, kapı zilinin çaldığını duydum, açmak için kapıya koştum. Bizim verandanın önünde Alistair'i gördüm, okula benimle gitmek için bekliyordu.

"Üşümüyor musun?" Bu sabah şaşırtıcı bir şekilde serindi hava ama Alistair ne ceket ne de kazak giymişti.

"Üşümüyorum," dedi "Ya sen?"

"Biraz." Ürperdim ve sabah esintisinde sahiden nefesimi görebildiğimi fark ettim. "Senin yerinde olsam donardım."

Alistair kafasını salladı. Hiç de üşüyor görünmüyordu, bu soğukta bile nefesinin görünmediğini fark ettim.

Kaldırımda baş aşağı yürümeye başladığımız sırada, Iggy ve Dottie evin çıkış kapısında göründüler.

"HEY, ALISTAIR!" diye seslendiler. "BEKLE BİZİ!" Dottie geceliğini, Iggy ise kot pantolonunun üzerine külodunu giymişti.

Alistair onları gördüğünde gülümsedi.

"IGGY, HAYIR!" Babam peşlerinden kapıya çıktı, arabaya kadar onları toplamaya çalışıyordu.

Iggy ve Dottie neredeyse her zaman okula geç kalırlar. Ne zaman onları bırakma zamanı olsa ikisi de farklı yönlere kaçarlar.

"IGGY! DOTTIE! ARABAYA BİNİN!"

Iggy babamın elinden kaçtı. "Dano ve Alistair ive gidiyorum!"

"IGGY! Buraya gel! Geç kalacaksın!"

"Arabaya bin, Iggy!" dedim. "Alistair ve ben büyük çocuklar için olan okula gidiyoruz."

"Ben de büyük bir çocuk!"

Babam Iggy'yi yakaladı ama Iggy çığlık atarak onu tekmeledi. Iggy'nin sinirli olduğunda bu tarz davranışlarına alışkındım. Babam Iggy'yi kaldırıp, onu araba koltuğuna oturtmaya çalıştı, Iggy arabanın kenarına doğru ayaklarını dayadı ve arabanın kapısı elinde kaldı. Iggy yaşına göre her zaman güçlüydü ama bu anormal bir güç gibiydi. Gerçekten ama gerçekten tuhaf şeyler oluyordu. *Iggy kapıyı menteşelerinden sökmüştü.*

·13·

SIR

Babam yerde duran araba kapısına bakakaldı ve kafasını kaşıdı. Epey sersemlemiş görünüyordu. Kapıyı yerinden sökmek bu Iggy için bile oldukça fazlaydı.

Iggy'nin gözleri büyüdü. Artık bağırmıyordu. Şimdi sadece korkmuş görünüyordu.

"Zavallı, zavallı araba," dedi Dottie. "Iggy kığdı onu."

Dottie'nin bu yorumuyla Iggy yeniden her zamankinden yüksek sesle bağırmaya başladı.

Hiçbirimiz neler olduğunu anlayamadık ve açıklayamadık.

Iggy sadece arabanın kapısını menteşelerinden

söktü diye düşündüm. Ancak bu mümkün olamazdı çünkü o sadece küçük bir çocuktu. Arabada bir sorun olmalıydı.

"Ne oldu? Bir çarpma sesi duydum!" diyen annem verandada göründü.

Ardından annem, babamın orada öylece durduğunu gördü, babam kafasını sallayarak eskiden kapı olan kamyonetin yan tarafındaki açıklığa gözlerini dikmiş bakıyordu.

"Ah, hayır!" Annem daha yakından bakmak için arabaya koştu. "Gördün mü? Dükkândaki o eski şeyi almamız gerektiğini sana söylemiştim!" dedi annem. "O, kapı aylardır tuhaf hareket ediyordu."

"Kapıdan tuhaf bir ses geliyordu," dedi babam, "ama düşmüyordu!"

"Peki, sadece şuna bak!" dedi annem, "Kesinlikle düşüyordu."

"Tamir etmekte size yardımcı olabilirim," diye teklifte bulundu Alistair.

Alistair'in teknobloklarıyla yaptığı şeyi gördüğüme dayanarak gerçekten kırılan araç kapısını tamir edebileceğini düşündüm. "Baba, Alistair'in kapıya bakmasına izin verirsen, onun olayı çözeceğine bahse girerim," dedim. "O her türlü araç ve robottan anlıyor."

Ama babam Alistair'e şans verecek durumda

değildi. "Boş ver," dedi babam. "Iggy ile Dottie'yi okula bıraktıktan sonra arabayı tamire bırakırım. Çocuklar hadi okula, yoksa geç kalacaksınız."

Kapıyı kamyonetin içine koyması için hepimiz babama yardım ettik. Sonra Alistair ve ben, babam, Iggy ve Dottie'nin kamyonetin sonuna kadar açık yan tarafıyla bir tür kamyon sürüyorlarmış gibi uzaklaşmalarını izledik.

Iggy ve Dottie serin rüzgârda uçuşan saçlarıyla gülerek bize el salladılar. Babamın yüzündeki ifade, gazetesiyle otururken okuma gözlüklerine kazara bastığım zamanı hatırlattı bana.

Alistair ve ben onların arkasından baktık. "Böyle bir şeyin olacağından korkuyordum," dedi Alistair telaşla.

Ona baktım. "Ne demek istiyorsun?"

"Şey... Bugün Iggy'de tuhaf bir şeyler olduğunu fark ettin mi?"

Iggy'nin babun gibi çığlık atmasını ve araba kapısını menteşelerinden söktükten sonra bir budala gibi gülerek uzaklaşmasını izleyip de Alistair'in, bu soruyu sormasını saçma buldum. "Bence araba kapısını menteşelerinden sökmesi tuhaf," dedim, "ama arabanın kapısı kırık olmalıydı."

"Belki de," dedi Alistair, gizemli bir şekilde. "Ya da belki Iggy düne göre bugün çok daha güçlü."

"Neden bahsediyorsun?"

"Bir karınca, örneğin, kendi ağırlığından elli kat büyük bir yükü kaldırıp taşıyabilir," dedi Alistair. "Korkarım Iggy düşündüğümden daha fazla böcek DNA'sı serumundan mideye indirmiş olmalı."

Alistair'e baktım. "Sen, Iggy'nin böcekleri yediği için mi arabanın kapısını parçaladığını düşünüyorsun?!"

"Pekâlâ, böceklerin bir kombinasyonu ve-"

"Alistair," diyerek sözünü kestim onun, "böcek veya böcek DNA'sı yemenin bir böceğe dönüştürmeyeceğini herkes bilir. Yani, çikolatayla kaplı karıncaları yiyen insanlar var ve onlar insanüstü karınca insanlara dönüşmüyorlar. Doğru mu?"

Alistair cevap vermedi. Bana söyleyemediği bir şey vardı.

"Alistair," dedim, "neler olup bittiğini bana söylemek zorundasın."

Alistair kaldırımda durdu. "Kimseye söylemeyeceğine bana söz ver," diye fısıldadı.

"Tamam," dedim. "Yani, ne olduğuna bağlı."

Alistair yutkundu. Gergin görünüyordu. "Buradaki tek arkadaşım sensin," dedi. "Ve birine anlatmam gerek-"

"Birine NE anlatacaksın?!" dedi arkamızdan boğuk bir ses. Chauncey'di bu, arkamıza gizlenmişti.

Alistair'in tam ağzından baklayı çıkaracağı sırada Chauncey'yi görmek çok sinir bozucuydu.

Chauncey kolunu Alistair'in omzuna koydu. "Neymiş bakalım bu büyük sırrın?" diye sordu.

"Alistair, en sevdiği brokoli tariflerinin sırrını sadece bana anlatıyordu," dedim.

"Iyy," dedi Chauncey, geriye çekilerek. "HAYIR, TEŞEKKÜR EDERİM!"

"Diğer tarifimi daha sonra sana söylerim," dedi Alistair okulun kapısının önünde göz kırparak kapıyı iterken. Çocuk gürültüsünün olduğu kalabalık koridorda yürüdük.

Bir oh çektim. Alistair'in sırrını öğrenmek için can atıyordum. Aklımda bunlar varken derslere nasıl yoğunlaşabilirdim ki?

· 14 ·

BAY BINNS

Alistair ile beraber sınıfa girdiğimizde öğretmenim Bay Binns gerçekten şaşırmış görünüyordu. "Doğru sınıfta olduğuna emin misin, dostum?" diye sordu Alistair'e. "Bugün yeni bir öğrenci beklemiyordum."

Alistair okul idaresinde görevli biri tarafından imzalanmış resmi bir form gösterdi Bay Binns'e. Bunun üzerine Bay Binns, benim çalışma grubumda kendisine bir yer bulmasını söyledi Alistair'e.

Alistair'e çantasını koyacağı yeri gösterdim ve sınıfımızda beraber oturan farklı çalışma gruplarının nasıl ayrıldığını açıkladım. Benim masamı oluşturan ekip "Katil Balina"ydı.

Yoklama alındıktan sonra, Bay Binns bir takım notlandırılmış matematik sınav kâğıtlarını dağıttı.

Bana "ağlayan yüz" verdi çünkü sınav kâğıdıma adımı yazmayı unutmuşum. Sınav kâğıdımın üzerinde mutsuz ya da "ölümcül yaralı" yüz gördüğümde gerçekten kendimi kötü hissederdim ama sonra Bay Binns'in bu yüzleri verirken gülen yüzlerden daha fazla eğlendiğini fark ettim çünkü bunları çizmek onun için çok daha eğlenceliydi.

"Bunun anlamı ne?" diye sordu Alistair, kâğıdımın üzerindeki mutsuz yüzü göstererek.

A veya B ya da artı ve ya eksi normal notlar yerine, Bay Binns'in, bize "yüz ifadeleriyle" not verdiğini, böylece biz, ödevlerimize baktığında öğretmenin ne hissettiğini anladığımızı, açıkladım.

Alistair kafası karışmış bir halde baktı, bu nedenle onun ev ödevine kaynak olarak kullanması için Bay Binns'in popüler yüzlerinden birkaç tane daha çizdim.

Chauncey kendi matematik sınavı puanını benimkiyle karşılaştırmak için masaya eğildi, her zaman yaptığı gibi. "Senden daha çok doğru yapmışım," dedi kâğıdındaki gülen yüzü göstererek.

Katil Balina muhteşem bir çalışma grubu ismi olabilirdi (seçen benim) ama olumsuz tarafı Chauncey'nin de orada oturuyor olmasıydı. Chauncey; "Bunu doğru yapmıyorsun!" ve "Ben senden daha iyi yapıyorum!" ve "Neden BUNU giyiyorsun?!" gibi can sıkıcı yorumlar yapıp, insanları deli ettiği için birçok farklı masaya taşınmıştı.

Chauncey birkaç günlüğüne Bay Binns'in masasında bile oturdu ve Bay Binns'in ona sürekli "Sadece DÜŞÜN Chauncey; KONUŞMA!" dediğini duydum.

Sonunda, Chauncey Katil Balina masasına geldi, benim yanıma, ne şanslıyım.

Ve onun beni kızdırmak için fazladan yoğun bir çaba harcayacağını hissediyordum çünkü Alistair aynı zamanda bizim çalışma grubumuzla oturuyordu.

·15·

KATİL BALİNA VE HAMSTERLAR

"**P**işşt Alistair!" diye fısıldadım, "Bana sırrını ne zaman söyleyeceksin?" İkimiz de Katil Balina masasında oturuyor, matematik ödevi üzerinde çalışıyorduk.

"Burada söyleyemem," diye fısıldadı Alistair. "Daha sonra söylerim."

"Ne zaman?" Bu büyük sırrı neydi merak ediyor, deliye dönüyordum.

"Yakında," dedi Alistair, küçük naylon poşetinin içinde getirdiği brokoli çiçeklerinden birini çiğnerken. Alistair'in brokoliye olan ilgisinin bana biraz tuhaf geldiğini kabul etmek zorundaydım ama brokoliyi bu kadar önemli kılan sanırım onun besin alerjisi olmasıydı.

Chauncey, Alistair'in elindeki yiyeceği fark etti ve elini kaldırdı.

"Bay Binns?"

"Evet, Chauncey?"

"Alistair sınıfta yemek yiyor."

"Alistair," dedi Bay Binns, "ders saatinde yemek yememek sınıf kuralımız, tabii öğretmen için duble karamelli kek getirmediğin sürece."

Alistair, Bay Binns'e baktı. Şaka yapmadığına emindim.

"Sadece kekler konusunda şaka yapıyordum," dedi Bay Binns, "ama şimdi yemek yok, tamam mı?"

Tıpkı bir sihir gibi, Alistair bir doktor ve ayrıca okul müdürü tarafından imzalanmış başka bir kâğıdı sırt çantasından çıkarıp uzattı. Gizlice göz attım ve notta Alistair hakkında bir şey yazdığını gördüm. "Sınıfta Özel Beslenme İhtiyaçları."

Vay be, dedim. *Okul konusunda aklı karışık görünen biri için, Alistair yığınla mazeret kâğıdıyla hazır gelmiş!*

"Tamam, Alistair," dedi Bay Binns, biraz sinirlenmiş görünüyordu, "ama sessizce ye."

"Denerim," dedi Alistair.

"Dainel'le ikinizin dikkatinizi size verdiğim matematik notlarına yöneltmenizi bekliyorum."

Alistair ve ben bir dakikalığına matematik notlarımıza baktık. Düzenli bir okul eğitimi almadığından Alistair'in kafasının karışıp karışmadığını merak ettim.

"Neden Bay Binns bize böyle şeyler soruyor?" diye fısıldadı Alistair, matematik notlarını göstererek.

"Kalanlı bölme işlemi," diye fısıldadım arkasından. "Eğer istersen, yardım edebilirim."

"Yani," dedi Alistair, "Bay Binns cevapları anlamaz mı?!"

"Elbette anlar," dedim. "O, bizim alıştırma yapmamızı ister."

Alistair omzunu silkti ve yazmaya başladı.

Kısa bir süre sonra ona baktığımda gördüklerime inanamadım: Ben sadece iki problem çözerken, Alistair kısa bir zamanda tüm kâğıdını doldurmuştu. İçimden bir ses, doğru cevapladığını söylüyordu. Alistair kâğıdını bir kenara koydu ve çantasından birkaç teknoblok çıkardı.

"Alistair ne yapıyorsun?!" Alistair okula oyuncak gibi eğlence malzemelerini getirmememiz gerektiğini bilmiyor muydu?

"Ödevimi bitirdim," dedi. "Şimdi Teknoblok üzerine çalışacağım."

Gözümü dikip ona baktım.

"Matematik ödevini yapmamı ister misin?" diye

sordu Alistair. "Bu ödev, epey vaktini alacağa benziyor."

Ne diyeceğimi bilemedim. Alistair sahiden de benim için matematik sorularımı cevaplamasının yanlış bir şey olduğunu düşünmüyordu. Bu yanlıştı, biliyorum ama şu uzun bölme sorularını çözmekten gerçekten bıkmıştım.

"Tamam," dedim fısıltıyla, "ama Bay Binns ve Chauncey görmesin, yoksa başımız belaya girer."

Alistair, benim matematik ödevimi yaptı, ben de teknoblokları yapmaya başladım. Güçlükle gizlemek için epey çaba harcadım ama faydası yoktu. Bir dakika sonra, Chauncey bunu fark edip şikâyet etti.

"Bay Binns," dedi, "Daniel ve Alistair sınıfa oyuncak getirmişler, çalışırken dikkatimi dağıtıyorlar ve ayrıca birbirlerinden kopya çekiyorlar."

İşte bu an, Bay Binns'in, beni sınıfta en saçma ismi olan çalışma grubu "Hamsterlar"ın masasına gönderdiği andı. Orada, hiç durmadan sürekli konuşan Christina ile çoğu zamanını, kalemini kâğıdına saplayarak geçiren Frankie'nin arasına sıkıştım. (Frankie'nin yanında dikkatli olman gerekir, giydiğin gömleğin rengine göre ruh hali değişir. Portakal renginde gömlek giymek yanlış hareketlerden biridir ve bu durum koluna kalem saplayarak yaralanmayla bitebilir.)

Eğer Chauncey beni şikâyet etmemiş olsaydı, hâlâ muhteşem Katil Balina masasında teknoblok yaparak oturuyor olacaktım ve Alistair sorularımın yarısını bitirmiş olacaktı.

O günden itibaren Chauncey Morbyd'in artık benim arkadaşım olmadığına karar verdim. O, artık benim resmen düşmanımdı.

·16·

GİZLİ BİR BAĞLANTI

Sevgili Alistair,

Lütfen bana söyleyeceğin sırrını yazabilir misin ve sonra notu bana gönderebilir misin? Okuduktan sonra yırtıp atacağıma ve kimseye göstermeyeceğime söz veriyorum.

LÜTFEN BANA SÖYLE!!!

Daniel

Not: Bu notu Chauncey'nin ya da Bay Binns'in görmesine izin verme!! Bu arada, okuldan sonra robot yapmak ister misin?

Not kâğıdını uçak yaptım. Sonra, Bay Binns'in arkasını döndüğü ve Chauncey'nin de kalemtraşla kalemini açmak için sırasından ayrıldığı sırada uçak olan notu Alistair'e uçurdum. Tam onun önüne düşerek mükemmel bir şekilde hedefini vurdu.

Maalesef Alistair bunu hiç anlamadı. Uçağı bir kenara itti ve soruların arasında bile olmayan, çok karışık gibi görünen bir matematik denklemi üzerinde çalışmayı sürdürdü.

"Pişşt –Alistair!" Ayağa kalktım ve oturduğu yerin yanına düşen kâğıttan uçağı işaret ettim. "Bunu Okumalısın!"

"Çalışmanın başına dön, Daniel!" dedi Bay Binns sandalyemi göstererek.

Masama geri dönüp yerime oturdum ama gözucuyla Alistair'e baktım. Neyse ki sonunda ne demek istediğimi anladı. Dikkatle uçak notumu açtı.

Notumu okuyup ardından bana baktı ve kafasını salladı. Sonra cevabını yazmaya başladı.

Sürekli gizlice Katil Balina çalışma grubuna bakıyordum, Alistair hâlâ yazıyordu. Çok çok uzun bir süre yazdı.

Karmaşık bir sır olmalı, diye düşündüm.

·17·

ALISTAIR'İN SIRRI

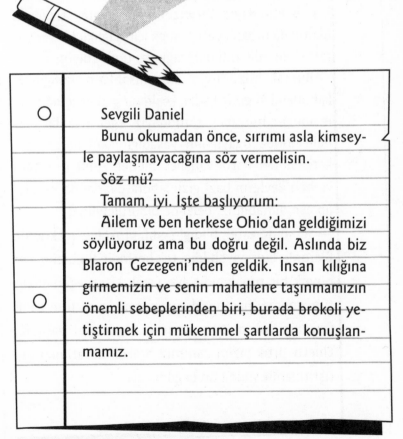

Sevgili Daniel

Bunu okumadan önce, sırrımı asla kimseyle paylaşmayacağına söz vermelisin.

Söz mü?

Tamam, iyi. İşte başlıyorum:

Ailem ve ben herkese Ohio'dan geldiğimizi söylüyoruz ama bu doğru değil. Aslında biz Blaron Gezegeni'nden geldik. İnsan kılığına girmemizin ve senin mahallene taşınmamızın önemli sebeplerinden biri, burada brokoli yetiştirmek için mükemmel şartlarda konuşlanmamız.

Neyse ki, Blaronlu bilim insanları açlıktan ölümlerin önüne geçmek için, özel çiftlik laboratuvarları geliştirdiler. Ancak laboratuvarda yeterince besin üretemedik. Uzak galaksilerde bir çözüm arayışını göze almalıydık.

Bizim görevimiz Gezegen Blaron üzerinde yaşayacak yeni brokoli türlerini bu topraklarda geliştirip büyütmek ve onları tekrar gezegen evimize göndermek. Biz ayrıca yeryüzündeki gezegenlerin çeşitli bitki, hayvan ve böcek hayatlarını çalışmak için de buradayız. Yeryüzünü inceleyerek, Gezegen Blaron'da brokoli yetiştirmek için sağlıklı bir yer yaratmanın yollarını bulacağımızı ümit ediyoruz.

Burada huzurluyuz ama insanların varlığımızı kabullendiği güne kadar, kesin bir gizlilik içinde görevimizi sürdürmek zorundayız. Eğer insanlar mahallelerinde uzaylıların yaşadığını anlarlarsa, çok korkabilirler hatta vahşileşebilirler. Annem-babam ve ben devletin bazı gizli laboratuvarlarına kapatılıp esir alınabiliriz, belki de öldürülebiliriz.

Senin de zaten bildiğin gibi, brokoli gerçekte biz Blaronlu'ların yiyebildiği tek besindir. Bu bizim için büyük bir problemdir. Ne yazık ki gezegenimizin tüm toprağı harap olduğu ve neredeyse tüm canlı türünün yok olduğu, çevresel bir felaket yaşadık. Elbette artık bizim canımız brokoli hasatımızı yetiştirmemiz mümkün değildi.

Sana anlattığım her şeyin ne kadar önemli ve gizli kalması gerektiğini anlayabilirsin.

Daniel, keşke sana söylemek zorunda kaldığım tek sır bu olsaydı ama başka bir şey daha var, –küçük kardeşin Iggy'yi de içeren.

Tamam, başlıyorum:

Bilmen gereken, Iggy'nin dün midesine giden materyalin DNA yapısını değiştirmiş olabileceği.

Neden? Çünkü kaplardan birinde, organizma içine DNA göndermek için yaratılmış Blaronit virüsü vardı. Başka bir deyişle, mutasyona sebep olan bir virüstür bu. Yeni brokoli türleri yaratmak için kullanıyordum ve bir insanın bunu bile bile yiyebileceğini hiç tahmin etmedim.

"Yaşa ve öğren," insanlar böyle demişler.

Bir başka deyişle, Eğer Iggy, böcek DNA'sı ile birlikte uzaylı virüsü yemişse, onun insan DNA'sı çoktan mutasyona uğramıştır. Bu sabahki gözlemlerimize dayanarak, Iggy'de değişen bir şeylerin olduğu açıkça görülüyor.

Çünkü görevim, yeryüzünde sebep olduğum sorunlara el atıp çözmeyi gerektirir, iş arkadaşlarım ve ben geçen gece Iggy'i uykusunda incelemek için girişimde bulunduk.

Ne yazık ki çok huzursuzdu ve bizim bulgularımız yetersizdi. Bununla birlikte, bizim Blaronit uzmanlarından bazı iyi haberler geldi.

Bugün okuldan sonra bizim Şalap Şulap uzay gemisine Iggy'yi götürebilirsek, onlar Iggy'nin yediği böcek DNA'sının sebep olduğu problemleri onarmak için ellerinden geleni yapacaklar.

Bugün okuldan sonra senin evde buluşalım, tamam mı? Benim Blaronitli arkadaşlarım bizi Şalap Şulap Uzay gemisine taşıyacaklar ve bizim hastane çalışanları Iggy'nin bakımıyla ilgilenecekler. Tıpkı senin gibi "normal insan" olduğumuzu ve biz Blaronitlilerin hiçbir zarar vermediğini göreceksin.

Alistair

Not: Evet, sonra da robotları yaparız.

·18·

YOK OLMUŞ!

Alistair'in tam olarak ne demek istediğini anlamak için mektubu iki kere okudum.

Mektup, Iggy'nin DNA'sının "mutasyona" uğramış olabileceğini söylüyordu. Iggy bir çeşit tuhaf yaratığa mı dönüşüyordu? Bir uzaylı virüsü Igyy'nin arabanın kapısını menteşelerinden sökmesine mi sebep olmuştu? Iggy'nin bir canavara dönüştüğü, dev gibi dişlerine doğru beni kaldırdığı kâbusumu hatırladığımda midemin bulandığını hissettim.

Alistair'e baktım, tamamen normal bir çocuk gibi görünüyordu. Alistair gerçek bir uzaylı mıydı yoksa bu büyük bir şaka mıydı? Bir kez daha Alistair'in bir dahi ya da küçük bir deli olup olmadığını merak ederek arada kalmıştım, kafam karışmıştı.

ALISTAIR SADECE TUHAF BİR ÇOCUK MU?	ALISTAIR BİR UZAYLI MI?
Brokoli diyeti (alerjiler?)	Brokoli diyeti (Uzaylı sindirimi?)
Iggy ve Dottie ile oynuyor (?)	Iggy ve Dottie ile oynuyor (araştırma?)
Böcek koleksiyonu yapıyor (hobi)	Uzay virüslü böcek kombinasyonları, küçük erkek kardeşte güçlü süper insan gücüne neden olan uzaylı virüsünü böceklerle bağlar
Modeller ve yapı modelleri yapar (hobi)	Uzaylı teknoloji nesneleri uçuruyor (kol saati)

Alistair'in hikâyesini kesinlikle destekleyen çok kanıt vardı. Öte yandan, inanması çok zordu.

Aniden, önümde bir el uzandı. Daha ne olduğunu anlamadan, el, Alistair'in gizli notu ile benim "tuhaf çocuk vs. uzaylı" listemi kapmıştı.

"Bunlar da nedir, Dano?!" Bir kez daha Chauncey arkama gizlenmeyi başarmıştı.

Mektubu tekrar geri almaya çalıştım ama yeterince hızlı olamadım. Chauncey, Alistair'in gizli notunu havada sallıyordu.

"Sır!" diye yüksek sesle bağırdı. "Ne kadar ilginç!"

Elindeki mektubu yırtmaya çalıştım ama Chauncey'nin kolları maymun gibi çok uzundu ve notu bir elinden öteki eline almayı sürdürdü.

Alistair'in büyük sırrı buraya kadarmış, diye düşündüm.

Ama sonra harika bir şey oldu. Alistair'in notu Chauncey'nin elinde kendi kendini imha etti. Gerçekten ciddiyim: Mektup adeta buharlaşarak yok oldu! BUM! Bir de baktım ki, Chauncey'nin elinde un ya da talaşa benzeyen küçük beyaz bir yığın toz dışında hiçbir şey yok.

"Vay canına!" Chauncey bağırdı. "Hey!"

Tekrar tekrar Chauncey'nin boş eline baktım. Notum ve mektup nereye gitmişti? Bunu Alistair yapmış olabilir miydi? Eğer öyleyse, nasıl?!

"Bay Binns?" diye bağırdı Chauncey. "Daniel sınıfa, saçma sapan bir sihirbazlık numarasıyla patlayan bir zımbırtı getirdi ve elimi yaktı!"

"Otur yerine, Chauncey,"dedi Bay Binns iç geçirerek. Bay Binns birinin onu kasten yaralamış olduğu gevezeliklerine alışkındı.

"Ama ciddiyim, Bay Binns!" diye ısrar etti Chauncey.

Alistair ile göz göze geldik ve ağız hareketimle sessizce sordum: NASIL?

Alistair özel saatini gösterdi, "sihirli" *saat.*

Vay be, dedim. *Yani Alistair'in saati, cisimleri uçurmaktan daha fazlasını yapabiliyor. Nesneleri gözden kaybedebiliyor. Saati insanların kullanmasını istememesi boşuna değil!*

İşte o an, Alistair'in hikâyesine inandığımı fark ettim. Yine de, düşündüm de, yanlış kişi okumaya kalkarsa aynı anda kendi kendini yok eden bir not yapabilen bir insan çocuk hiç tanımıyorum!

Alistair'e başparmağımla tamamdır işareti yaptım, o da gülümsedi.

Chauncey fark etti, gözlerini kısarak kaşlarını çattı bize.

Demek ki Alistair gerçek bir uzaylı! diye düşündüm. Gerçek bir uzaylı arkadaşımın olduğunu düşünmenin oldukça heyecan verici olduğunu kabul etmeliyim, gizli kimliği ile kimseye güvenmeyen bir uzaylı!

Ama sonra Iggy'yi düşündüm, çocuk belki de uzaylı bir virüsten DNA'sı mutasyona uğramıştı. Iggy'nin arabanın kapısını kırdığını düşündüm. Ve birden heyecandan çok endişeye kapıldım.

·19·
UZAYLI TEKNOLOJİ

"**N**eden Blaron uzay gemisine 'Şalap Şulap Uzay gemisi' diyorlar?" diye sordum.

Annemin, Dottie ve Iggy ile eve gelmesini bekleyerek Alistair ve ben bizim verandanın önünde oturduk. Alistair'i gücendirmek istemedim ama Şalap Şulap Uzay gemisi adını düşününce küçük gezegenlere çarpan veya aptalca görevlerde yer alan bir şey gibi geliyordu kulağa.

"Bu isim nasıl verildi, emin değilim," dedi Alistair, "çünkü brokoli arama görevi için görevde olan çoğu Blaronlular için ev, evden çok uzaktadır."

Alistair saatinin üzerindeki küçük ekranlardan

birini açıp kaldırdı ve farklı yönlerde etrafta dolaşan yüzlerce minik parlak baloncuk ortaya çıktı.

"Bunlar da ne?" diye sordum.

"Bunlar Blaron dili," diye açıkladı.

"Blaron dili baloncuklardan mı oluşuyor?"

"Bizim birçok teknolojimiz kabarcık enerjisidir," diye açıkladı. "Şalap Şulap Uzay gemisi ve Dünya ile arasında iletişimi sağlamak da saatin bir bölümü."

Alistair etrafta saçılan farklı şekillerde ve dokularda olan baloncukları inceledi. "Iggy buraya gelir gelmez, üçümüzün tek bir konteynera girmemiz gerektiğini, böylelikle beraber bizi Şalap Şulap Uzay gemisine transfer edebileceklerini söylüyorlar." Alistair saatini kapattı. "Bana annenle babanın odasında gösterdiğin Şapur Şupur Kutusu bu işe yarar."

Alistair'in saatinin ekranına ve karmaşık düğmelerine baktım. "Saatinle başka neler yapabiliyorsun?"

Alistair duraksadı. "Çok fazla gizli bilgi soruyorsun."

"Ama ben zaten Teknobokları uçan robotlara nasıl dönüştürebildiğini ve saatle havada kâğıdı nasıl eritip gözden kaybettiğini gördüm. Hadi, bunu bir sır olarak tutacağıma söz veriyorum.

"Tamam," dedi Alistair, "Bu saat benim sahip olduğum en değerli şeyim. Haberleşme sistemi, taşıma aygıtı, anlık bir jeneratör robotu ve acil durumlar için silah sistemi. Cansız nesneleri etkinleştirebilir ve harekete geçirebilir. Bir şeyleri yakıp kül edebilir veya başka boyutlara ya da onları uzak gezegenlere gönderebilir."

"Hepsi bu kadar mı?" Takılıyordum ama Alistair açıkçası şakamı komik bulmadı. Kaşlarını çattı, ön verandaya yaslanmış olan saatini bisikletime işaretledi. Alistair saatinin üzerindeki düğmeye basarken, bisikletimin gidonu ve pedalları dönen pervanelere dönüştü.

Ayağa fırladım ve bisikletimin küçük bir helikopter gibi gökyüzüne yükselişini izledim. Çatıya konmadan önce bacanın etrafında döndü.

"Harika! Hey, Alistair! Bisikleti bir saniyeliğine yere indir de üzerine binip ben de bir tur atayım!" Mahallemin üzerinde helikopter-bisiklete binip uçmanın oldukça eğlenceli olacağını düşündüm.

Alistair saatinin diğer bir düğmesine bastı ve bisiklet çatıdan yükselip bir süre havada durdu, sonra hafifçe yere, önümüze kondu.

Bisikletimin üzerine atladım ama Alistair görünüşe göre uçmama izin vermekle ilgili fikrini değiştirmişti.

"Hayır," dedi. "Artık bu saatle oynamamalıyız. Çok tehlikeli."

"Sadece tek bir sürüş?" diye yalvardım. "Lütfen!"

"Birileri görebilir ve saati çalmaya çalışabilirler," dedi Alistair. "Eğer yanlış ellere geçerse bu herkes için sorun olur."

"Neden?" diye sordum. "Yani, senin bir uzaylı olduğunu kimsenin bilmesini istemiyorsun, anlıyorum ama-"

"Güven bana," dedi Alistair çok üzgün görünerek. "Yanlış bir kişi bu saati alırsa, olabileceklerin en kötüsü olur!"

·20·
YILDIZLARARASI YOLCULUK

Alistaire'e daha fazla soru soramadan, annem evin önünde arabayı durdurdu. Iggy ve Dottie kamyonetten fırladılar ve benle Alistair'i selamlamak için yanımıza koştular: "DANOOOO!! AVISTAIR!!!!"

Iggy aniden olduğu yerde durdu. Bahçedeki büyük akçaağaca baktı ve şaşırtıcı bir şekilde yukarı sıçradı, yapraklarla örülü ince bir dala tutundu. İndiğinde bir ağaç kabuğunu çiğnemeye başladı.

"Hımmm," dedi Alistair, Iggy'yi gözlemleyerek. "Ona hemen bakabilmeleri için olabildiğince çabuk Bumplepod'a götürmeliyiz."

Annem kapıyı açtıktan sora döndü ve Iggy'nin ağaç kabuğu çiğnemesine baktı. "Iggy, o ağaç kabuğunu ağzından çıkar!" dedi. "Gerçekten bugün senin başına gelenleri anlamıyorum... Normal bir yemek yedikten sonra tekrar dışarıya dönebilirsin ve yapraklarla bir şey yapmak istersen, babanla bana bahçeyi tırmıklamakta yardım edebilirsin."

"Merhaba Iggy!" Iggy eve doğru yürürken Alistair onu kolundan yakaladı. "Daniel ve benimle gel. Yukarıda sana göstereceğimiz çok ilgi çekici şeylerimiz var!"

Iggy kafasını salladı. "TAMAM AVISTAIR!"

"Şşşş. Sessiz olmalıyız çünkü bu bir sır."

Iggy parmağını dudağına bastırdı. "Sessiz oluyorum."

Dottie ile annem beraber mutfağa gittiler, Iggy, Alistair ve ben de Şapur Şupur Kutusu'nun bulunduğu annemin odasına çıktık. Kalbim küt küt atıyordu: İnanması gerçekten çok zordu; birkaç dakika içinde uzay boşluğunda; bir uzay gemisinde olacaktım.

"Gittiğimiz yer, Dano?" diye fısıldadı Iggy.

"Şalap Şulap Uzay gemisi adında eğlenceli bir oyun oynuyoruz," dedim ona. "Önce, annemle babamın odasına gizleniyoruz ve Şapur Şupur Kutusu'nun içine atlıyoruz."

"ŞABA ŞUBU KUTUSU MU? OH, MUHTEŞEM!"

"Hemen sonra gerçek bir uzay aracını ziyaret ediyoruz!"

"OH, BU DA MUHTEŞEM!!"

"Şşş!" dedim. "Annem buraya gizlice geldiğimizi anlarsa, başımız belaya girer!"

Parmak uçlarımızda annemle babamın odasına girdik, yönümüzü annemin dolabına çevirdik.

"Şimdi doğom günü hediyelerini açıyoruz, değil mi Dano?"

"Hayır, Iggy doğum günü hediyelerini araklamıyoruz. Şalap Şulap Uzay gemisi diye yeni bir oyun oynuyoruz, hatırladın mı?"

"Ooo!" diyerek Iggy ellerini çırptı.

Ama annemin dolabının kapağını açmaya zorladığımda, Iggy donup kaldı ve başını salladı. "Korkunç!" diye mırıldandı.

"Iggy, bu sadece annemle babamın bizim oyuncaklarımızı sakladığı kutu," diye açıkladım.

Iggy ayaklarını yere vurdu. "Ona dokunmayacağım."

PAT, PAT, PAT... Annemle babamın ağır adımlarla yukarı çıktıklarını duyduk.

"Çabuk!" diye fısıldadı Alistair. "Kutunun içine gir!"

Alistair ve ben Şapur Şupur Kutusu'nun içine atladık ama Iggy tereddüt etti.

"Hadi, Iggy!" diye fısıldadım, "Babam bizi burada görürse hiç iyi olmaz!"

Iggy en sonunda kutunun içine girdi ve elime bastı.

"Ah!" diye inledim.

"Pavdon, Dano."

Bir sürü plastiğin içinde çömeldik. Hiç rahat değildi, ama Vortex arabamı görmek, kırılmış olsa bile beni gerçekten mutlu etti.

"Iggy?" diye seslendi babam. "Yukarıda mısın? Yaprakları toplamak için dışarı çıkıyorum şimdi!"

"Şşş!" diye fısıldadım.

Babamın aşağıya inerken anneme; "Yukarıda değiller," dediğini duydum. "Sanırım oynamak için dışarı çıktılar..."

Alistair saatinin üzerindeki iletişim ekranını kaldırdı. Şu etrafta aceleyle dolanan ince, parlak baloncukları gördüm ve aniden "uzaya yolculuk" fikriyle gerildiğimi hissettim. Yani, ya üçümüz karman çorman olursak, ayaklarımız ellerimizin yerine geçerse ya da beynimiz başka birisinin vücudunda yer alırsa ne olurdu? Uzay yolculukları ile ilgili çizgi filmlerde buna benzer şeyler görmüştüm ve bunlar belki gerçek hayatta da mümkündü. Üstelik Alistair'in şimdiye kadarki tutumu pek güven vermiyordu. Demek istediğim, yakaladığı uzaylı böceklerle dolu ekipmanlarını küçük bir çocuğun odasında bırakmamış olsaydı, Iggy'yi Şalap Şulap Uzay gemisine bindirip uzaya gitmemiz gerekmezdi.

"Alistair," dedim, "bunun güvenli olduğundan emin misin?"

"Merak etme," dedi Alistair. "Yıldızlar arası yolculuklarda kaza, günümüzde sadece milyonda bir oluyor.

"Ama ya o milyonda bir olan kaza bizi bulursa?"

Alistair cevap vermedi; sadece saatinin nakil ekranındaki gizli düğmesine bastı.

"Hey! Bu harika saat ne yapıyor?" Iggy, saate

uzandı ama Alistair yakalamadan önce tuhaf şeyler oldu.

Bir ışık demeti Iggy'yi çevrelerken kalbim çarptı. "Bu ışık da ne?" diye sordu Iggy.

Iggy ortadan kayboldu. Tek bir kelime söyleyemeden, aynı ışık demeti benim vücudumu da sardı ve sonra Alistair'inkini. İlk önce sanki derimin altında böcekler sürünüyormuş gibi yakıcı bir kaşıntı hissettim. Sonra süzülüyormuşum gibi hissettim, aslında gözden kaybolduğumu hissedebiliyordum.

Bir dakika sonra gitmiştim.

·21·

ŞALAP ŞULAP UZAY GEMİSİ

Iggy'yi, Alistair'i ve kendimi bir masada annemle babamın karşısında otururken bulduğumda çok şaşırdım. Önümüzde tuhaf bir karışımdan oluşan yemek vardı. Her birimizin birer fincan kahvesi, bir kutu krem şantisi ve bir poşet dolusu kırmızı balık krakerimiz vardı.

Neredeydik? Neden başım dönüyordu? Neler olmuştu?

"Bak, Dano!" diye bağırdı Iggy. "KAHVEMİZ, KIRMIZI BALIK VE KREM ŞANTİMİZ VAR! Çok lezzetli değil mi Dano?" Iggy bir kutu krem şantiyi aldı ve salladı. Karton kutuya binmek, sonra aniden tamamen farklı bir dünyada kendini bulmak, tüm bu olanlardan Iggy hiç rahatsız görünmüyordu, çok tuhaftı.

Oda, halka açık banyosu banyosu ve bilim laboratuvarıyla, bizim yaşadığımız evdeki odanın düzeninden oldukça tuhaf göründü. Bir duvarda, beyaz parlak bir sıra klozet gördüm. Odanın etrafında içecek çeşmesi, çeşitli makine parçaları, yapı modelleri ve sakız makinesi vardı. Bir diğer duvarda ise, tuhaf işaretlerle etiketlenmiş bazı kapalı kapılar vardı: KÜLOTLAR, KONTROL, SÜPER KAHRAMAN KOSTÜMLERİ, PRENSES ODASI.

Na garip bir uzay gemisiydi bu? Annemle babam neden buradalardı? Ve orada öylece oturup bize bakıyorlardı?

"Şalap Şulap'taki iş arkadaşlarım kendilerini tanıdık insanlar olarak göstermek amacıyla Iggy'nin önceden zihnini taramışlar, " diye açıkladı Alistair. "Yabancı bir çevreden korkmasını istemediler."

Buradaki her şeyin çok tuhaf olması boşuna değil, diye düşündüm. Iggy'nin fındık kabuğu kafasının içinde olmak gibi. Aniden Alistair'in, Zip Starwagon'a benzemesinin nedeninin Blaronit'in insan zihnini tarama yeteneğine olması olduğunu fark ettim. O ve ailesi bana hoş görünecek bir tip seçmek için "zihnimi taramışlar" mıydı? Ve Alis-

tair'in neden bu kadar güzel Gezegen Patlatan mo-
delleri var? Doğrusu, bu fikir beni biraz korkuttu.

"Sizin için seçtiğimiz yiyecekler hoşunuza gitti
mi?" diye sordu uzaylı anne.

"En sevdiklerinizden seçtik," dedi uzaylı baba.

"Iggy'nin sevdiklerinden daha çok," dedi uzaylı
anne.

"Doğru," dedi uzaylı baba. "Iggy'nin sevdiklerinden daha çok."

Mantıklı, diye düşündüm. Iggy büyük olasılıkla yemek için krem şanti ve kahveyi seçerdi, eğer yakasını kurtarabilseydi.

"Adım Bayan Kabarcık," dedi anneme benzeyen uzaylı anne.

"Senin adın anne!" dedi Iggy, onu göstererek.

"Eğer istersen bana 'anne' diyebilirsin," dedi Bayan Kabarcık.

"Benim adım da Bay Yapışkanayak," dedi babama benzeyen diğer uzaylı. "Hoş geldiniz evimizden uzak olan Şalap Şulap Uzay gemisi evimize."

"Bayan Kabarcık ve Bay Yapışkanayak, Şalap Şulap Uzay gemisi hastane uzmanlarının şefleridir," diye açıkladı Alistair.

"Tanıştığımıza memnun oldum," dedim.

"Sen de Daniel'sın," dedi Bay Yapışkanayak. "Küçük erkek kardeşini hemen birkaç testten geçirdik ve inceledik, Gezegen Blaron'u, yani evimizi ziyaret etmek için bir şansınız olacak, böylece bizim hakkımızda biraz daha bilgi edinebilirsiniz."

Iggy, masanın karşısındaki uzaylı anne ve babaya baktı, muhtemelen krem şantiyi neden zorla onun elinden almadıklarını merak ediyordu.

Iggy'nin ne düşündüğünü biliyordum: Bu, uzun

zamandır beklenen krem şanti dağı deneyi için mükemmel bir fırsat olabilirdi.

Iggy'nin bir uzay gemisinde olduğunun farkına bile varmaması çok komik, diye düşündüm. Tek düşünebildiği bir kutu krem şanti.

"Şimdi, Iggy," dedi Bayan Kabarcık, "şimdi sen bir kutu krem şantiyi sallarken biz seni izleyeceğiz, tamam mı?"

Iggy kafasını salladı.

"Iggy," dedi Bayan Kabarcık, "Alistair bize dün senin ağzına kötü bir şey aldığını söyledi."

"Böcekleri yiyorum!" dedi Iggy.

"Anlıyorum," dedi Bayan Kabarcık. "Hangi tür?"

"Büyük olanlar, sürüngen ve ürpertici olanlar ve berbat, yapışkanlı olanlar. Ve uğurböceği. Ve böcek şekeri."

Iggy konuşurken, Bay Yapışkanayak, Iggy'nin kulaklarına ve burnuna baktı.

Hemen ardından, Bayan Kabarcık ve Bay Yapışkanayak ceplerinden dev gibi tüylü toz bezine benzeyen yumuşak nesneler çıkardılar.

"Bu yumuşak toplar da ne?" diye sordu Iggy.

Bayan Kabarcık ve Bay Yapışkanayak cevap vermek yerine Iggy'nin tişörtünü kaldırıp onun her yerini gıdıkladılar.

Iggy kıvrılıp bükülüyor, deli gibi gülüyordu.

"Bu ne tür bir tıbbi test?" diye sordum Alistair'e. Bayan Kabarcık ve Bay Yapışkanayak gerçek bir "tıp uzmanı" mıydı yoksa bu sadece Iggy'nin zihnindeki bazı aptalca fikre dayanan bir oyun muydu?

"Şu gıdıklama çubukları bizim en ileri tıbbi değerlendirme aletlerimizdir," diye açıkladı Alistair.

Bu Gezegen Blaron'da doktora gitmek gibi bir şeyse eğer, diye düşündüm. Sanırım uzaylılar yeryüzünde bizim yaptığımızdan çok daha iyilerine sahipler! Demek istediğim, bir gün grip aşısı yerine şu "gıdıklama çubukları"ndan birini alırdım.

Bay Yapışkanayak ve Bayan Kabarcık gıdıklama-

yı bitirdikleri zaman, Iggy nefes nefese yere yattı ama hâlâ gülüyordu.

Bay Yapışkanayak ve Bayan Kabarcık, küçük bir dondurucu gibi görünen, içinde gıdıklama çubukları saplanmış metal bir kutu açtılar.

"Birkaç dakika içinde, DNA raporunu tamamlarız. Sonra bilgilere bakıp tavsiyelerde bulunacağız," dedi Bay Yapışkanayak.

"Biz beklerken, çocukları, Gezegen Blaron'a uyum sağlamaları için göndermeli miyiz?" diye sordu Bayan Kabarcık.

"Gezegen Blaron uyumu mu?" "Uyum" kelimesi beni her zaman asabileştirir, çünkü bana okulun ilk gününü hatırlatır.

"Sanırım hazırsınız," dedi Bay Yapışkanayak. "Alistair sen burada kal, böylelikle seninle ilk önce bulgularımızı tartışabiliriz. Çocuklar, kendinizi Gezegen Blaron'u ziyarete hazırlayın!"

Bir ışın Iggy ile benim çevremi sardı.

"Muhteşem!" Gözden kaybolmadan önce, Iggy, Bayan Kabarcık ve Bay Yapışkanayak krem şanti yığınıyla patlamayı başardı.

·22·
GEZEGEN BLARON

Iggy ile ben bir sıra yeşil büyümüş bitki kümesinin ardından açık bir arazide bulduk kendimizi. Bir tür çiftliğe benziyordu ama yüksek tavanlı yeşil evle kaplı olduğunu gördük. Bitkilere biraz daha yakından baktığımda bunların brokoli veya daha çok brokoliye benzer bir şeyler olduğunu anladım.

"Bu kötü kokan da ne?" diye sordu Iggy.

Haklıydı, havada leş gibi bir kirli çorap kokusu vardı. Bununla beraber, uzaylı gezegende bulunduğumuzdan bu yana nefes alabildiğimiz için kendimizi şanslı saydım.

"Burasının adı nedir, Dano?"

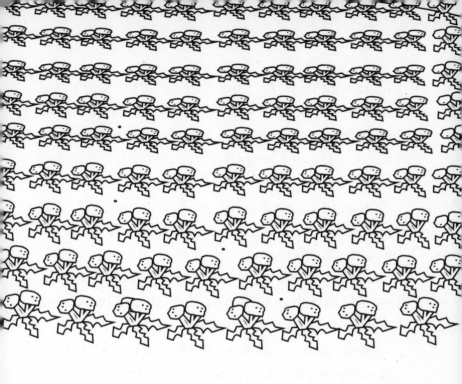

"Sanırım Gezegen Blaron'dayız." Bu uzaylı brokoli çiftliğinde ne yaptığımızı tam olarak açıklayacak birinin ortaya çıkıp çıkmayacağını merak ettim.

"Neden Gezegen Blaron?" Iggy korkmuş gözüküyordu ve Gezegen Blaron seyahati sözde oyununa daha ne kadar katlanacağını merak ettim.

"Hatırla, Iggy," dedim, "sadece yapıyormuşuz gibi."

"Bir film gibi mi?" diye sordu Iggy.

"Evet, tıpkı bir film gibi." Iggy'yi gereğinden fazla korkutmanın gereği yoktu çünkü eğer gerçekten ürkerse neyi yapabileceğini anlatmanın bir faydası kalmayacaktı. İçten içe Alistair'in, Bay Yapışkanayak'ın ve Bayan Kabarcık'ın bir sonra bize ne yapabileceklerini merak ederek endişelendiğimi hissettim. Peki ya Iggy ve ben, Gezegen Blaron'da ya çiğ brokoliden başka yiyecek hiçbir şey olmadan mahsur kalırsak ne yapardık?

Kafamın üzerinden bir şey hareket etti ve yukarıya baktığımda, üzerimizde sahiden de canlı olduğunu düşündüğüm gri bir şey fark ettim. Gördüğüm her neyse süngerimsi, gri ve yılan gibiydi. Dev gibi kıvranan bir beyni düşündürdü bana. Ona bakmak midemi bulandırmıştı.

Sonra, canlı sıcak hava balonuna benzer bir şeyin gökyüzünden aşağıya doğru düştüğünde, bayılabileceğimi düşündüm.

"BAK, DANO!" diye bağırdı Iggy. "BALON!" Yaratık Balon, sallanan dokungaçlarıyla havada sallanarak ağır ağır sürükleniyordu. Vücudunun bir kısmı sanki paraşüt işlevi gören bir çuvaldan oluşuyordu.

Bize daha da yakınlaşınca, kafasına, üzerinde üç büyük gözünün olduğunu uzun kollar tutturulmuş olduğunu gördüm. Koskocamandı.

Bir yanım çığlık atarak kaçmak istedi ama Iggy endişelenecek bir durumun olup olmadığını anlamak için beni izliyordu. Cesur hareket etmem gerektiğini biliyordum.

"Bu isim, bu hayvanın ismi ne Dano?" diye sor-

du Iggy. "Mürekkepbalığı mı, dev uzay ahtapotu mu, yoksa balon gözlü bir canavar mı?

"Emin değilim Iggy," diyerek kurbağa gibi vırakladım. Iggy tüm cevaplar için bana bakıyordu ama benim verecek cevabım yoktu.

Uzaylı mürekkepbalığı yaratığının büyük bir brokoli yığınının yakınına konmasını izledik ve bu bana salyangozun içinden çıkan koskocaman bir ayağı ya da dev bir çanağı hatırlatan bir şeyi salıverdi. Ayak ve mideden oluşan dev, bir çırpıda brokoli yığınını yiyip bitirdi.

Neyse ki uzaylı için brokoli bizden daha ilginç görünüyor, diye düşündüm.

Uzaylıların nasıl da "bizi evimizde gibi hisset-
tirmek için" bize kendilerini annemiz ve babamız
gibi gösterdiklerini hatırladım. Sanırım bu Blaron-
lular'ın gerçek yüzü, diye düşündüm. Ama dürüst
olmak gerekirse, bu bile midemdeki bulantıyı ge-
çirmedi.

Iggy aniden "YUKARI! YUKARI!" diyerek çığlık
attı. "BENİ AL DANO! KORKUYORUM!"

Yukarı baktım ve hava dalış ekibi gibi daha fazla
uzaylının yüksek tavandan aşağı süzüldüğünü gör-
düm. Kısa bir süre sonra, yapışkanlı birkaç çuval
yaratık tarafından etrafımız sarıldı.

Iggy avazı çıktığı kadar bağırarak: "EVE GİT-
MEK İSTİYORUUUUUUM!!" dedi.

·23·

ÇOĞUNLUKLA NORMAL BİR ÇOCUK

Iggy çığlık attığı an, çevremiz değişti. Birden Şalap Şulap Uzay gemisine geri dönmüş; kendimizi Alistair, Bayan Kabarcık ve Bay Yapışkanayak'ın karşısında oturur bulduk.

Iggy kendini Alistair'e attı ve sarıldı. "Avistair, biz dev uzay ahtapotu gördük! Karnının dışına taşmış kovacan yapışkan sümükleri vardı ve bitkileri kaplıyordu, cok büyük üç gözünün olduğu kocaman balon bir kafası vardı ve çok BÜYÜK, öğğkk bir canavardı!"

Bayan Kabarcık ve Bay Yapışkanayak hiçbir şey söylemedi. Iggy, Blaronit yaratıklarını anlatmak için "büyük," "öğğkk" ve "yapışkan sümük" gibi kelimeler kullanarak onların duygularını incitmiş olabilir hissine kapıldım.

"Bu yaratık bir canavar değil, Iggy," dedi Alistair.

"Ama çok İĞRENÇ gözüküyordu!" dedi Iggy.

Alistair'e baktım ve onun insan kimliği olmadan neye benzeyebileceğini hayalimde canlandırmaya çalıştım. Biraz canımı sıktı. Şu uzaylılar çok tuhaf görünüyorlardı.

Ama kim bilir, belki de biz insanlar da Alistair'e büyük görünüyoruzdur.

"Başlayalım mı?" dedi Bay Yapışkanayak, biraz sabırsız bir sesle. "Iggy'nin DNA'sının incelemelerini bitirdik ve sonuçları size göstermeye hazırız."

"İşte, Iggy," dedi Alistair, saatinin panellerinden birini açarak. "Daniel ve ben Bay Yapışkanayak ve Bayan Kabarcıkla konuşurken sen neden birkaç dakikalığına en sevdiğin çizgi filmlerden birine bakmıyorsun?" Düğmeye bastığında saatinin üzerinde Sünger Bob'un bir bölümü göründü.

"HARİKA!" Iggy gözlerine inanamadı. Alistair bileğindeki özel Blaron saatini onun bileğine takarken, Iggy'nin yüzüne kocaman bir tebessüm yayıldı.

"Saatini Iggy'nin kullanmasına izin mi veriyorsun?" Alistair'in "yanlış ellere düşerse" diye yaptığı uzaylı saatinin tehlikeleri hakkındaki o konuşmalardan sonra buna inanamamıştım.

"Merak etme," diye fısıldadı Alistair, "Saat otomatik olarak, biz uzay gemisine binerken kontrol Şalap Şulap'ta olacak. Şu an GÜVENLİ modda, bu yüzden biz gemiyi terk edene kadar güçleri devre dışı bırakıldı."

İçimden Alistair'in saati Iggy'nin yerine benim bileğime takmasını diledim çünkü Sünger Bob'u ben de seviyorum. Ancak sanırım, Iggy oturmuş çizgi filmini izleyerek gülerken ben onun DNA problemi hakkında konuşan uzaylıların konuşmalarına takılıp kalacağım.

"Daniel," dedi Bay Yapışkanayak, "İyi haber, Iggy hâlâ çoğunlukla normal bir insan çocuk."

" 'Çoğunlukla' normal ile neyi kastediyorsunuz?" diye sordum.

"Yani DNA'sının büyük bir bölümü hâlâ insan," dedi Bayan Kabarcık.

"Ya DNA'sının geri kalan kısmı?" diye sordum.

"Pekâlâ, Iggy'nin şu an genetik kodlarının bir kısmı biraz böcek ve örümcek genleri.

Üçüne baktım. "Şimdi siz bana Iggy'nin yarı böcek yarı örümcek olduğunu mu söylüyorsunuz?"

"Aynen öyle," dedi Bay Yapışkanayak.

"Iggy BÖCEĞE mi dönüşmüş!?" diye haykırdım.

"O tamamen bir böceğe dönüşmeyecek," dedi Alistair, "ama Iggy büyüdükçe, birkaç böcek özelliği gösterebilir. Ya da daha belirgin olarak, birkaç böcek ve örümcek özelliği."

"Ne tür 'böcek ve örümcek özelliği'?!"

"Bu önceden bilinmez," dedi Bay Yapışkanayak.

"Ama bilmem gerek!" diye ısrar ettim. "Iggy ile aynı odayı paylaşmak zorundayım ve sabah kafasında bir antenle uyanırsa ya da odanın etrafında uçmaya başlarsa veya kıçında bir iğne büyürse bunu önceden bilmek isterim!"

"Oooooooo, Dano söylediğin kötü bir kelime!" diye bağırdı Iggy odanın karşısından.

"Ben bu senaryolarda bir olumsuzluk göremiyorum," dedi Bay Yapışkanayak.

"İşte Daniel, bizim neye baktığımızı anlamana yardımcı olabilecek bir resim göstereyim sana," dedi Bayan Kabarcık, önümüzdeki bir masaya dokundu ve masa bilgisayar ekranına dönüştü. Aniden karışık bir şablon göründü.

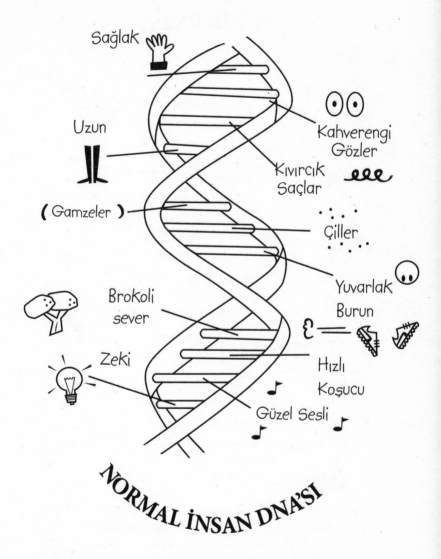

Sağlak

Uzun

(Gamzeler)

Brokoli sever

Zeki

Kahverengi Gözler

Kıvırcık Saçlar

Çiller

Yuvarlak Burun

Hızlı Koşucu

Güzel Sesli

NORMAL İNSAN DNA'SI

"Gördün mü? Bu, normal bir insan DNA'sı: Senin tüm insan özelliklerini belirleyen her bir hücrenin içindeki, gizli bir kod gibi. Şimdi de Iggy'nin mutasyona uğramış DNA'sına bak."

IGGY'NİN DNA'SI

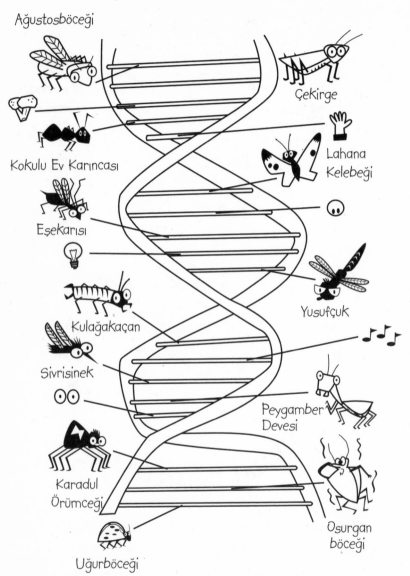

Ağustosböceği

Çekirge

Kokulu Ev Karıncası

Lahana Kelebeği

Eşekarısı

Yusufçuk

Kulağakaçan

Sivrisinek

Peygamber Devesi

Karadul Örümceği

Osurgan böceği

Uğurböceği

Bayan Kabarcık masaya tekrar hafifçe dokundu ve yeni bir resim belirdi.

Ne düşüneceğimi bilemedim. Aniden uyanıp tüm bu olup bitenlerin kötü bir kâbus olmasını bekledim.

"Şunu açıklığa kavuşturalım," dedim. "Yani siz bana şimdi Iggy'nin yarı ağustosböceği, yarı çekirge, yarı uğurböceği, yarı kokulu ev karıncası, yarı lahana kelebeği, yarı eşekarısı ve de yarı sivrisinek olduğunu mu söylüyorsunuz."

"Diğer türler de var," dedi Bay Yapışkanayak. "Osurganböceği örneğin. Ayrıca böcek kategorisinde olmayan sümüklüböcek DNA'sı olma ihtimaline dair birkaç kanıt var."

"Ve Iggy büyüdükçe onda şu böcek, örümcek, sümüklüböcek herhangi bir tür özelliklerinden bazıları gelişecektir."

"Olabilir," dedi Bay Yapışkanayak, "ama eğer sadece şanslıysa."

"Ya da olmayabilir de," dedi, bu en az şansı hiç göz önünde bulundurmadığımı bilen Alistair.

"Daniel, unutmamak gerekir ki, insanda olan belirli bir gen her zaman kendisini açığa vuracak anlamına gelmez," dedi Bayan Kabarcık.

"Doğru," dedi Bay Yapışkanayak. "Iggy bir iğne, kanat ya da bir zehri olmaksızın tüm hayatını geçirebilir. Bu bence yazık olurdu. Böcekler muhteşem yaratıklardır, Alistair'in yeryüzündeki araştırmalarını okuduklarımdan, mümkün olduğunca böcek yanları çok olan insanların mutlu olacaklarını düşünürdüm."

"Bu konuda daha fazla yanılıyor olamazdınız," dedim. Özellikle küçük erkek kardeşiniz bir insanken, diye düşündüm.

Normal bir Iggy'yle aynı odayı paylaşmaktan daha kötü ne olabilirdi? diye sordum kendime. Süper insan gücüyle, zehirli, sokan bir böcek-Iggy ile odayı paylaşmaya ne dersin?!

"Dinleyin," dedim. "Siz uzaylısınız ve sizin teknolojiniz bizim dünyada sahip olduğumuzdan daha ileri bir düzeyde. Onu tekrar normal bir insana döndüremez misiniz?"

"Sorun burada," dedi Bay Yapışkanayak, "Normal insan DNA'sı bize çok tanıdık değil. Ayrıca, onları düzeltmektense dağınık bırakmak her zaman çok daha kolay."

Alistair'e baktım. Bunların hepsi senin suçun, diye düşündüm.

"Iggy'nin ortamını ve onun gelişimini etkileyebilecek duyguları ayrıca bilmen gerekir," dedi Bayan Kabarcık. "Mesela, eğer çok korkmuş veya sinirliyse, vücudu böcek DNA'sını harekete geçirecek kimyasallar üretecektir. Eğer her zaman çok sakin kalıyorsa, büyük bir ihtimalle aynen olduğu gibi normal bir insan çocuktur."

Kahkahalarla güldüm. "Iggy, hayatında tek bir gün sakin kalmamıştır!"

Alistair, Bayan Kabarcık ve Bay Yapışkanayak'a baktı. "Belki de iyi haberi Daniel'e şimdi vermeliyiz."

"Hangi iyi haberi?" diye sordum.

"Onlar, böcek DNA'sı baskın olmaya başlarsa, Iggy'nin normale dönmesini sağlayacak bir şey icat ettiler."

Bayan Kabarcık kafasını salladı. "İnsan normalleştireni getireyim," dedi.

"İnsan normalleştiren mi?"

Bayan Kabarcık kontrol paneline doğru yürüdü ve bir grup düğmeye bastı. Sürgülü bir kapı açıldı ve ancak hoş bir akşam yemeği partisinde görebileceğiniz gümüş tabağa benzer bir şey taşıyan tepesi kubbe şeklinde kapaklı bir masaya döndü.

"Aç bunu, Daniel," dedi Bayan Kabarcık, tabağımsı şeyi masaya yerleştirdikten sonra.

Ağır kapağı kaldırdım ve altında yatan şeye baktım. "Nasıl?"

Gözlerime inanamadım.

"Bir emzik?! İnsan normalleştirici bir emzik mi?!"

"Ama bu sadece normal bir emzik değil," dedi Alistair. "Daha ileri bir Blaron Teknolojisiyle yapıldı."

"Bu doğru," dedi Bayan Kabarcık. "Stresli bir olay Iggy'nin böceğe dönüşümünü tetiklerse, bunu ona olabildiğince çabuk ver. Birçok durumda, normale dönmelerine yardımcı oluyor."

"En azından teoride," dedi Bay Yapışkanayak.

Alistair, Bay Yapışkanayak ve Bayan Kabarcık'ın insan normalleştirici emziğin işe yarayıp yaramayacağına dair hiçbir fikri olmadığını anladım. Ancak şu anda başka bir seçeneğim yoktu, eve götürmek için uzaylı emziği cebime koydum.

"Gitmeden önce yardımcı olabileceğimiz başka bir şey var mı, Daniel?" diye sordu Bayan Kabarcık.

Çok kaba bir şeyler söylemek istedim ama kendimi tuttum. "Şey," dedim, "Iggy beni rahatsız etmeye başladığında ayrıca kullanmak için bana biraz Erkek Çocuk Böcek Savar Spreyi yapabilir miydiniz?"

Alistair gülmeye başladı. "Şakaydı, değil mi? Ama iyiydi!"

"Hayır, Alistair," dedim. "Şaka değildi."

Çünkü değildi.

·24·
ROBOTLAR VE UĞURBÖCEKLERİ

Bir de baktım ki, Iggy, Alistair ve ben Şapur Şupur Kutusu'na geri dönmüş, bir yığın oyuncağın üzerinde oturuyorduk.

Iggy!" Alt kattan seslenen Dottie'ydi. "Neredesin?"

Iggy bir dakika bile beklemeden Şapur Şupur Kutusu'ndan fırladı ve merdivenlerden aşağı koştu. "Dottie! Şapur Şupur'a gittim ve UZAY AHTAPOTU, MÜREKKEPBALIĞIMSI ŞEY VE AYRICA BİR SAATİN ÜZERİNDE SÜNGER BOB İZLEDİM!"

Iggy'nin, Şalap Şulap Uzay gemisi, Gezegen Blaron yolculuğundan sonra dünyaya geri dönüp, bu kadar fazla enerjiye sahip olması beni şaşırttı. Oraya buraya gitmekten benim hâlâ başım dönüyordu. "Biraz su içmen gerekebilir," dedi Alistair. "Uzay yolculuğu su çekmiş olabilir."

Şapur Şupur Kutusu'ndan teknobloklarımı toplamaya başladım ve ceplerime koyup sakladım. Böylesine tuhaf bir deneyim yaşadıktan sonra oyuncaklarımın bazılarını hak ettiğimi düşündüm.

Alistair, aklından geçenleri okuyorum ifadesiyle bana baktı. "Şey... hâlâ arkadaş mıyız?"

Ne söyleyebilirdim ki? Açıkçası, Alistair'e kızgındım. Gerçekten kızgın. "Bunun için onay vermedim," diye ağzımdan kaçırdım.

"Ne için onay vermedin?

"Böcek çocuğa dönüşebilen küçük bir kardeşim var."

"Ah," dedi Alistair. "Evet. Anlıyorum."

İkimiz de Şapur Şupur Kutusu'nda bir süre bir şey söylemeden öylece oturduk.

Alistair pencerenin pervazında yalnız emekleyen bir uğurböceği fark edip yakaladı ve onu avcunun içine aldı. "Yeryüzünde en sevdiğim böcek bu," dedi Alistair. "Aslında kınkanat olmalarına rağmen, böcek değiller."

"Böcekler, böcekler, böcekler," dedim, hâlâ ken-

dimi kızgın hissederek. "Bu bö-
ceklerin nesi harika?"

"Onları sevmemin nedenlerin-
den biri, brokoli mahsulünü mah-
veden böcek zararlılarını yemeleri.
Diğeri ise, tehlikede olduklarında dizlerinden yeşil
kan fışkırtmaları."

"Gerçekten mi?" Bu oldukça tuhaftı. "Bunu bil-
miyordum."

Alistair uğurböceğine üfledi ve böcek uçtu.

"Biliyorsun," dedi Alistair, "ailem buraya ilk ta-
şındığında, yeryüzünde olan her şeyden nefret et-
miştim."

"Yani?"

İkimiz de kısa bir süre hiçbir şey söylemedik.
Alistair'e baktım ve onun nasıl bir ruh halinde
olabileceğini hayal etmeye çalıştım. Eğer annem-
le babam bana farklı bir gezegene, hiç arkadaşım
olmayan ve her gün kimliğimi gizlemek zorunda
kalacağım bir yere taşınmak zorunda olduğumuzu
söylemiş olsalardı ne hissederdim? Bunun oldukça
ağır olabileceğini düşündüm. Alistair'in şaşılacak
bir şekilde cesur olduğunu anlıyordum.

Ayrıca Iggy'nin böcek DNA'sını yemiş olmasının
biraz da benim hatam olduğunu biliyordum. Her
şeye rağmen, ona göz kulak olmam gerektiği sırada
ben, gizlice Şapur Şupur Kutusu'na gitmiştim.

Ama hâlâ Alistair'e kızgındım.

"Burada olmaktan nefret ederdim," diyerek devam etti Alistair, "ama sonra dünya üzerinde çalışmak için -böcekler ve bitkiler gibi- bir sürü şey olduğunu fark ettim ve burada Gezegen Blaron'dan çok daha fazla tür vardı. Ve elbette brokoli yetiştirmenin en iyi yöntemlerini bularak, gezegende herkese evlerine geri dönmelerine yardımcı oluyorum."

Alistair bana baktı. "Chauncey ve senin evime geldiğinizde gülmekten kendimi alamadım, hatırlıyor musun?"

"Evet," dedim, oturup onun teknobloklarıyla oynarken Alistair'in yaklaşık bir saat ortada hiçbir şey yokken nasıl güldüğünü hatırlıyorum. "Sebep neydi peki?"

"Şey, sana neden gülmeye başladığımı açıklayamam ama daha önce hayatımda hiç böyle gülmemiştim."

"Hiç?"

"Blaronlular gülmez," dedi. "Neyse, başladım bir kere, engel olamadım. Ve ilk anda sahiden bir insan olmanın eğlenceli olabileceğinin farkına vardım. Artık arkadaşız, Gezegen Blaron'a geri dönmeyi pek de düşünmüyorum. Burada yaşamak istiyorum."

Ne diyeceğimi bilemedim. Alistair'in bitişiğimizdeki eve taşındığından beri çok heyecan verici şeyler yaşamış olduğumu itiraf etmeliydim. Tabii bir yandan da, bir yığın yeni problemim vardı.

Alistair Vortex arabasını alıp baktı. "Şimdi harika bir robot yapmak istiyorum," dedi. "Sen istemiyor musun?"

Bunu duymak beni biraz neşelendirdi. "En havalı robot ne olurdu biliyor musun?" dedim. "Sargonyan Yok Edici."

"Ama en iyi silahlar Vortex Arabasında var."

"Sargonian Yok Edici'ye meydan okumaya nasıl CESARET edersin?!" Vortex Arabası'nı aldım ve Şapur Şupur Kutusu'ndan çıkarken tişörtümün altına soktum.

"Tamam," dedi Alistair, "belki yapabilirim."

Fazladan bazı Teknoblokları da Alistair'e verdim ve parmak uçlarımızda alt kata odama gittik.

Hâlâ biraz kızgındım ama robotları yapmayı istemeyecek kadar değil.

·25·

ARKADAŞLAR VE DÜŞMANLAR

"**H**arika bir fikrim var," dedi Alistair. "Hadi Broko-bot yapalım!"

"Broko-bot da nedir?"

"Mükemmel brokoli yetiştirmeye yardımcı olacak bir robot."

"Tamam, Alistair," dedim, odamın kapısını kapatarak. "O kadar da değil. Broko-bot yapmıyoruz!"

"Ama çok yararlı olacak!"

"Kesinlikle, çok saçma ve hiç de havalı değil!"

Tam o sırada kapı zili çaldı ve kapıyı açmak için mutfaktan koşan Iggy'nin "CHAAAUNCEEEE!" diye bağıran sesini duydum.

Eyvah, diye düşündüm. Şu an görmek istemediğim tek kişi.

"Burada kurabiye gibi bir şey kokuyor!" dedi Chauncey. Fakat genellikle yaptığı gibi atıştırmalıklara bakmak yerine doğruca odama yürüdü. "Hey Daniel! Bana şu yaptığın sahte patlama numarasını gösterebilir-"

Chauncey, Alistair'i gördüğünde donup kaldı. "Ah," dedi, hiç de samimi olmayan bir sesle. "Brokoli çocuğun burada olduğunu fark etmedim."

"Selam, Chauncey," dedi Alistair. Chauncey'nin tavrını önemsemiş gibi görünmüyordu, Broko-bot üzerinde çalışmayı sürdürdü.

"Ee Daniel," dedi Chauncey, "Okulda yaptığın sihirbazlık numarasını bana göstermeye ne dersin?"

"Hangi sihirbazlık numarası?" Aptalı oynamam gerektiğini biliyordum. Bitişiğimizdeki evde yaşayan uzaylılar gibi büyük bir sırla Chauncey gibi ispiyoncu birine güvenebilmemin imkânı yoktu, ki uzaya insan taşıyan bir saatten söz etmiyorum bile.

"Biliyorsun," dedi Chauncey, "Okulda aldığım mektup, kâğıt avcumun içinde kayboldu!"

"Belki de sana ait olmayan mektupları almamalısın."

"Neyse ne," dedi Chauncey. "Bana sadece nasıl yaptığını göster, tamam mı?"

"Bak, Chauncey, ortada bir numara yok."

Chauncey, göz ucuyla Alistair'e baktı. "Ya sen Brokoli Çocuk? Bahse girerim bu işin nasıl yapıldığını biliyorsundur!"

Alistair sadece omuz silkti ve Teknoblok'unu yapmaya devam etti.

"İyi," dedi Chauncey. "Öyle olsun."

"Chauncey! Çabuk gel!" Iggy, Chauncey'ye doğru koştu ve onu kolundan çekiştirdi. "Yerde beş marşovovo ve kıvılmış kvaker buldum!"

Chauncey, Iggy'nin peşinden mutfağa "marşovovo"ları kontrol etmeye gittiğinde rahatladım. Umarım yemek vaktine kadar beraber oynamayı sürdürürler, diye düşündüm.

"Tamam Alistair," dedim. "Peki nasıl yapıyoruz bu Broko-bot'u?" Alistair'in Broko-bot fikri beni hâlâ heyecanlandırmamıştı ama Chauncey ve Iggy ile Mürekkep Çocuk ve Mavi Ucubeler Dövüşü oyununa sürüklenmekten daha iyi olduğunu düşündüm. Özellikle Chauncey'yi atlatmak istedim çünkü onun gözden kaybolan kâğıt hakkındaki şüpheli soruları beni sinirlendiriyordu. Ya Chauncey, Alistair'in sahiden bir uzaylı olduğu gerçeğini anlarsa? Iggy'nin Gezegen Blaron'a yaptığımız yolculukla ilgili ağzından bir şeyler kaçırabileceğini fark ettim ama Iggy bir yığın hayalleri hakkında sıklıkla konuşurdu, Chauncey'nin onu bu nedenle pek de dikkate almayacağını düşündüm.

•26•

BU BUTONA DOKUNMA!

Üst kattan gelen bağırış çağırışlarla gürültüleri duyduğumuzda, Alistair bana küçücük motorun nasıl kurulacağını gösteriyordu. Yukarıdan gelen sesler, Chauncey ve Iggy'nin, Mürekkepbalığı Çocuk oyununu oynarlarken kontrolden çıkmış olduklarını gösteriyor gibiydi. Annem ya da babamın gürültüleri duyup, onlara engel olmak için üst kata koşmalarını bekledim ama ortalıkta yetişkinler görünmüyordu.

Sonra beni endişelendiren bir şey dikkatimi çekti. "Hey, Alistair," dedim, "Saatin nerede?"

Alistair bileğine baktığında rengi attı, saati yoktu. "Ah, hayır... Şalap Şulap Uzay gemisinde çizgi film izlemesi için Iggy'ye verdikten sonra geri almadım!" Ayağa fırladı ve koşarak odadan çıktı.

"Şimdi anladın mı?" diye seslendim Alistair'in arkasından aşağıya inerken. "Saati, Iggy'ye ödünç vermenin kötü bir fikir olduğunu biliyordum!"

Aşağı indiğimizde Iggy ve Chauncey'yi, Iggy'nin (neyse ki) bileğinde olan Alistair'in saati için dövüşürlerken bulduk.

İkisini hemen ayırmaya çalışmam gerektiğini biliyordum ama tereddüt ettim çünkü İggy'nin Chauncey'yi yerde tutması çok eğlenceliydi. Bir an duraksayarak sadece onları izledim.

Alistair, Iggy'nin saati kullanıp kendini uzak bazı gezegenlere göndermemiş olduğu için rahatlamıştı.

"Şey, üzgünüm Iggy," dedi Alistair, "Saatimi geri alabilir miyim acaba?"

"ASLA!" dedi Iggy. "Bu saat benimisi!"

Alistair, Iggy'ye baktı. "Bu pek mantıklı değil."

"Küçük erkek kardeşler dünyasına hoş geldin Alistair." En ciddi ağabey bakışımı Iggy'ye sabitledim. "Iggy," dedim, "Biliyorsun. Bu saat sana ait DEĞİL, bu yüzden HEMEN ŞİMDİ geri ver onu."

Iggy birden gözyaşlarına boğuldu. "O, BENİMİSİ! Avistair benim olabileceğini söyledi.

"Onu ödünç alabilirsin dedim," diye açıkladı Alistair.

"Büyük hata," diye homurdandım.

Iggy hıçkırarak ağlıyordu. Koluyla burnunu silerken, bir an Chauncey'nin sakinleşip rahatladığını fark ettim. Saati geri alabilmek için bu fırsatı kaçırmamamız gerektiğine karar verdim: "Şimdi!" diye fısıldadım Alistair'e. "Ben onu tutacağım sen saati kap!"

Alistair'le ben Iggy'nin üzerine atladık.

Görünüşe bakılırsa, Chauncey de aynı fikirdeydi çünkü birden Iggy'nin elinden kurtulmayı başardı.

Ne yazık ki Iggy'nin refleksleri üçümüzün de beklediğinden daha hızlı çıktı.

Ve ne yazık ki Chauncey için korkunç bir şey oldu:

"OF!" Şapur Şupur Kutusu sallanırken Iggy'nin gözleri büyüdükçe büyüdü ve canlanmaya başlayan bir canavar gibi hoplayıp zıpladı.

Chauncey'ye orada ne oluyordu?

"Bu kötü oldu." Alistair, araştırma yaptığı böcekleri Iggy'nin yediğini öğrendiği ilk andan bile solgun görünüyordu. "Sanırım Iggy, saatin üzerindeki İnsta-Canavar fonksiyonunu harekete geçirdi."

"İnsta ne?"

"İnsta-Canavar, iki veya daha fazla nesnenin moleküler yapılarını birleştirir ve tamamen yeni bir yaşam biçimi oluşturur; yaratık, her bir bileşenin en kötü özelliklerini barındırır.

Kutuya baktım, gerçekten canlı gibiydi; neredeyse nefes alıyordu. "Yani diyorsun ki..." dedim.

"Evet," dedi Alistair. "Bir Chauncey-Şapur Şupur Kutusu canavarı gözümüzün önünde şekilleniyor.

Chauncey Morbyd'in en kötü özelliklere sahip bir canavar mı?! "Alistair," dedim, "buna engel olmak zorundayız!"

Iggy'nin kollarından tutup salladım onu. "Iggy, Alistair'in saatini hemen şimdi ver, böylelikle Alistair buna mani olabilir!"

"HAYIR!" diye bağırdı Iggy, beni uzağa çekerek, yerinde zıplayan Şapur Şupur Kutusu'na gülüyordu. Belli ki kutunun içinde yardım çağrısında bulunan Chauncey'nin boğuk sesinden eğleniyordu. "BENİM SAATİM!" diye bağırdı Iggy. "BENİM ŞAPUV ŞUPUV KUTUM!"

Iggy için, bunların hepsi büyük, eğlenceli bir oyun, diye düşündüm. Saati neden geri vermek istemediğini anlıyordum. Şu an nasıl heyecan verici bir şey yapabilirdi ki saatten vazgeçerdi?

"Iggy," dedim, sesimi sakinleştirmeye çalışarak, "Dinlemelisin. Eğer Alistair'in saatini vermezsen, Chauncey GERÇEK BİR CANAVARA dönüşecek."

"Nasıl bir canavar?"

"Nasıl olduğunu bilmiyorum! Lütfen bana ver-"

"Çok geç," diye bağırdı Alistair. "Eğil ve siper al ŞİMDİ!"

·27·

İNSTA CANAVAR

Ortalık yatıştıktan sonra, Şapur Şupur Kutu-su'nun ve Chauncey'nin eski hallerini dü-şündük. Şimdi ise bu ikisinin yerine dünyada ya da diğer gezegenlerde asla var olmaması gereken kor-kunç bir yaratık vardı.

Yaratık Chaun-cey'nin elbiselerini giymiş dev bir küp şeklindeydi. Chaun-cey'nin küçük özelliklerini görebiliyor-dum, yuvarlak

gözlerini, küçük kulaklarını ve küpün yüzeyindeki küçük burnunu ama ağzından salyaları akan vücudunun çoğunluğu bir kutuydu.

Odamın diğer ucundan, canavarın nefesinden gelen marşmelov kokusunu alabiliyordum. Canavarın saçları kaba bir Teknoblok yığınıydı, elleri, Gezegen Patlatan araçlarının parçalarından yapılmış robot pençeleri gibiydi.

"Iyyk," dedi Iggy, Chauncey canavarına bakarak. "Sevmedim onu."

"Şapır," dedi canavar. "Şapur-şupur!"

Iggy güldü. " 'Şapur-şupur' diyor!"

Bu, canavarı kızdırdı. Şapur Şupur Kutusu canavarı ayağa kalktı ve Iggy'ye KÜKREDİ.

Hepimiz çığlık atarak annemle babamın yatağının altına gizlendik. Bu bizim sonumuz mu olacaktı? Merak ettim. Üçümüz de Chauncey Morbdy canavarı tarafından yenecek miydik?

Ancak bizi takip etmek yerine, canavar döndü ve "ŞAPIR- ŞAPUR - ŞAPIR!!" diyerek merdivenlerden aşağı ağır adımlarla indi.

Bu canavar Chauncey'nin en kötü özelliklerine sahipse, diye düşündüm, kesinlikle şekerli yiyecekler için mutfağa yönelecektir.

Alt kattan bir çığlık duyduk. Dottie'ydi bu.

"Dottie ben sana yardım ederim!" Iggy ayağa fırladı ve Dottie'yi canavardan kurtarmak için merdivenlere koştu. Alistair ile hemen peşinden gittik.

Dottie oyuncak bebeklerini ona atmayı sürdürdü ama bu canavara pek de ilginç gelmedi, döndü.

Tıpkı şüphelendiğim gibi, Chauncey-Şapur Şupur Kutusu canavarı mutfakta durdu savrulan şekerler ne bulursa dev ağzına attı.

"Alistair," diye fısıldadım, "Bunu ne yapacağız?"

"Emin değilim," dedi Alistair. "önceki insta canavarına asla çeviremem."

"Pekâlâ, bu belki de denemek için iyi bir zaman!"

Şimdiye kadar Şapur Şupur Kutusu buzdolabında bulduğu şekerli her şeyi yemişti ve kontrolsüzce büyüyordu. Kutudan süt içti ama onun çikolatalı süt olmadığını anlayınca yere fırlattı. Lazanyadan kalan artıkların tadına bakmak için çöp kutusunu açtı ama şeker olmadığını anladığında odaya fırlattı. "ŞAPUR-ŞUPUR-ŞUPUR!!" diye bağırdı.

Dottie canavara vurmayı sürdürdü. "SENİ KOKMUŞ, GİT BAŞIMDAN, ŞİŞKO KUTU ÇOCUK!"

Şapur Şupur Kutusu Canavarı mutfağı dağıtırken Iggy gülerek onu seyretti.

"Iggy," dedim, "saati Alistair'e vermelisin, böylece Şapur Şupur Kutusu Canavarı'ndan Chauncey'yi kurtarmayı deneyebilir."

"Hayır," dedi Iggy. "Bu saat benimisi."

"IGGY, CHAUNCEY BUZDOLABININ İÇİN-
DEKİ YİYECEKLERİ YİYEREK BİR CANA-
VARA DÖNÜŞTÜ VE SEN HÂLÂ SAATİ GERİ
VERMİYORSUN?!"

Iggy sırıttı. "I-ıh!"

Bardağı taşıran son damlaydı bu. Iggy'yi tuttum
ve saati almaya çalıştım.

Ancak geçen günler içinde büyümüş olan Ig-
gy'nin ne kadar çok güçlendiğini unutmuştum. Sa-
ati Iggy'den kapmak yerine, sadece üzerinde bulu-

nan kontrol düğmelerinden birine kazara basmayı başardım.

"Ah, hayır," dedi Alistair. "İştah açıcıyı mı isabet ettirdin?"

"Ne demek oluyor bu?" diye sordum.

Gürültüyle gurul gurul bir ses duyduk, Chauncey'den ya da Şapur Şupur Kutusu'ndan geliyor gibiydi.

"Bu gürültü neydi?" diye sordu Iggy.

"Acıkmış," dedi Alistair.

"Bunu zaten biliyoruz."

"Yani, GERÇEKTEN aç."

Alistair şaka yapmıyordu. Şapur Şupur Kutusu tuzluk ve biberliği yerken ona baktık sonra kapkacağa geçti. Ve kapkacağı yemeği bitirdiğinde, telefonu, annemin adres defterini, gümüş sofra takımını, fırın eldivenini, Iggy'nin ve Dottie'nin bebeksi çizimlerini silip süpürdü.

"Dur!" diye bağırdı Iggy. "Bu benim çizimlevim!"

"Şimdi anladın mı Iggy?" dedim artık televizyonumuzu da yemiş olan Şapur Şupur Kutusu'nu göstererek. "Eğer hemen Alistair'in saatini vermezsen, canavar BÜTÜN OYUNCAKLARIMIZI yiyecek!"

"Ve evinizi tamamen yiyecek," dedi Alistair. "Sonra benim evimi ve tüm şehri. En sonunda tüm gezegeni."

"Alistair, abartmak zorunda değilsin."

"Abartmıyorum," dedi Alistair. "Tamamen ciddiyim."

Şapur Şupur Kutusu canavarına baktım ve onun büyümüş olduğunu gördüm. Çok uzamıştı, yassı kafası şimdi tavanla birdi.

"İştah açıcı düğmesi canavarların büyüme hızını artırıyor," diye açıkladı Alistair. "Yediği her şey, yok etmesi için ona daha fazla enerji veriyor. Bu Şapur Şupur Kutusu canavarı, önümüzdeki birkaç dakika içinde onu durdurmanın bir yolunu bulamazsak kelimenin tam anlamıyla tüm dünyayı yiyecek!"

Canavarın iki kat daha fazla yediği görüldü, şimdi ne var ne yoksa ağzına atıyordu. Dottie sanki canavar onun en sevdiği oyuncak hayvanını ağzına atmış gibi çığlık attı.

Sonunda Iggy'nin beynine ufacık bir sağduyu damlası sızmış olmalıydı, çünkü bileğindeki saati isteksizce çıkardı. Ama tam o anda saati Alistair'e veriyordu ki dev bir teknoblok eliyle uzandı ve saati kaptı.

Alistair, Iggy, Dottie ve ben Şapur Şupur Kutusu'nun Alistair'in saatini hapur hupur yerken korku içinde izledik.

"Geri ver onu!" Canavarın kutusunu arkadan yumrukladım. "Chauncey Morbdy, orada bir yerde olduğunu biliyorum!" diye bağırdım. "Saati bize vermek zorundasın!"

"Galiba seni anlayamıyor," diye açıkladı Alistair. "Hatırlasana, büyük olasılıkla canavarda sadece Chauncey'nin iştahı var zekâsı yok."

Canavar güldü. "Heh, heh, şapur-şupur heh!"

Birden canavarın beni kirli, sivri dişleriyle dolu

ağzına doğru kaldırırken, plastik teknoblok parmakların belimi sıktığını hissettim.

Gözlerimi kapattım ve en kötüsü için hazırladım kendimi.

•28•

SÜPER ÇOCUK

Gözlerimi sımsıkı yumdum ve Chauncey canavarının dişlerine çarpmak için kendimi hazırladım. Buraya kadar! diye düşündüm.

Aşağıdan Iggy ve Dottie'nin çığlıklarını duydum: "HAYIIRRRR! DANO'YU YERE BIRAK!!"

Ama sonra harika bir şey oldu: Sivri dişlerin yerine kafama yamru yumru yeşil bir şey çarptı –bir demet brokoli!

Canavar brokoliden hoşlanmadı, öksürdü ve öğürdü. Sonunda Şapur Şupur Kutusu beni yere tükürdü.

Dottie "Yaşasın!" diye bağırıp el çırptı. "Canavar, sebzelerden nefret ediyor!"

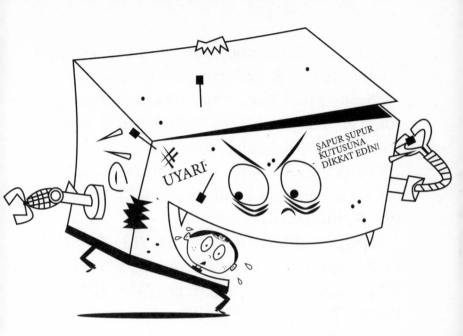

Ama şimdi Şapur Şupur Kutusu her zamankinden sinirliydi. Teknobloğu duvara fırlattı ve duvarın sıvası çatladı.

"Iggy nerede?" diye sordum.

Alistair tavanı gösterdi. Bu gördüğüm şey inanılmazdı: Iggy, tıpkı bir karasinek ya da örümcekmiş gibi baş aşağı tavana asılmıştı, daha da muhteşemi: Nasıl olduysa Iggy'nin büyük böcek kanatları büyümüştü.

Sonunda oldu, diye düşündüm. Iggy sahiden bir böcek çocuğa dönüştü. Bunun böyle aniden olacağını beklemiyordum ama öte yandan uzaya yapılan yolculuğu ya da Chauncey'nin bir canavara dönüşmesini izlemeyi de beklemiyordum.

"Şapur Şupur Kutusu'nun sana saldırdığını görünce girdiği stres, böcek DNA'sını harekete geçirmiş olmalı," diye açıkladı Alistair.

"IGGY!" Dottie tepesinin üzerinde tavana asılmış erkek kardeşini şimdi görmüştü. "KANATLARIN NASIL OLDU?"

"ONLAR BÜYÜDÜLER, BÖYLECE SENİ KURTARABİLİRİM!" diye bağırdı Iggy. "SİZİ CANAVARDAN KURTARIRIM, DOTTIE! SENİ DE DANO! SENİ DE AVISTAIR!"

Sonra Iggy, Şapur Şupur Kutusu'na saldırdı.

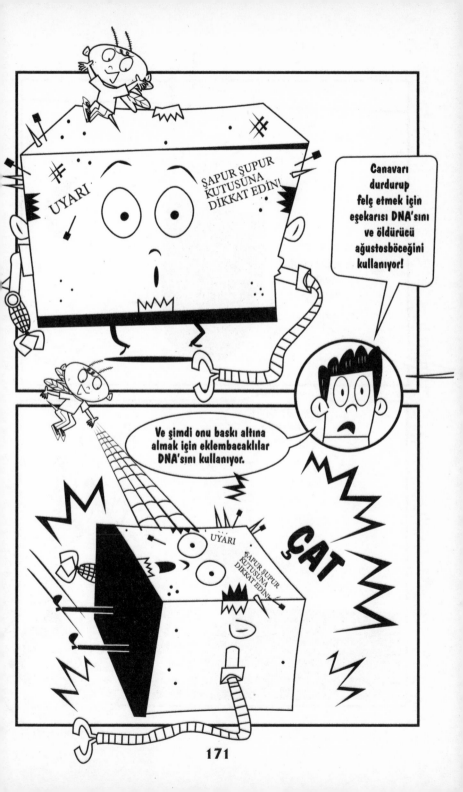

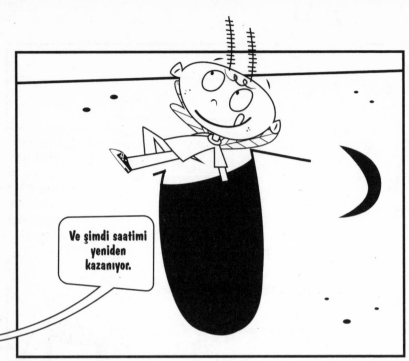

·29·

ROBOTLARIN ORDUSU

Son birkaç saat içinde olan bunca tuhaf şey-lerden sonra odanın etrafında, uçan dev bir böcek gibi olan küçük erkek kardeşim gözüme ne-redeyse normal gelmişti. Evet, normal değil belki ama düşündüğünüz kadar sarsıcı da değil. Ayrıca, Iggy'nin gerçekten çok eğlendiği görülüyordu.

"Iggy, sen süper bir çocuksun!" dedi Dottie.

Odada gülümseyerek uçan Iggy'ye hepimiz teza-hürat yaptık. En azından şu an için böcek kısmı çok mutlu görünüyordu.

"Iggy!" diye bağırdı Dottie. "Ben de bineyim!"

Iggy durdu ve Dottie'nin arkasına çıkmasına izin verdi. Iggy mutfağımızın enkazı üzerinde uçarken Dottie çılgınlar gibi gülüyordu.

Kim bilir, diye düşündüm, belki de hayatında böcek çocuk olması Iggy için mükemmel olabilirdi.

Ama Iggy'nin geleceği hakkında düşünmek için daha fazla zamanım yoktu çünkü Alistair'le çözmemiz gereken bazı büyük problemler vardı. Birincisi, kasırgaya tutulmuş gibi görünen evden çabucak kaçmaktı. Diğeri, Chauncey'nin içinde olduğu, yerde, baygın, ürkütücü canavar bir devimiz vardı.

Chauncey'nin annesi onu akşam yemeği için eve çağırırdı. Oğlunun başına gelenleri nasıl açıklardım?

"Iggy? Daniel? Dottie? Neredesiniz?"

Annemin bizi çağıran sesini duydum, annemle babam hâlâ dışarıda yaprakları tırmıklıyorlardı.

"Chauncey'lerin evine bakacağım," dediğini duydum babamın. "Yeni çocuğun evini kontrol edebilirsin."

"Alistair," dedim, "annemle babam her an içeri gelebilirler, bu yüzden olanları onlardan saklayabilmemizin imkânı yok."

"Belki de," dedi Alistair, saatinden canavar çamurunu silerek, "ama bunu onarmak için yeterli zamanım olabilir." Alistair saatinin iletişim ekranını açtı ve acil durum mesajı yükledi.

Saatinin içinde mesajına cevap olarak hareket eden küçük baloncuklar gördüm.

"Tamam," dedi Alistair. Şalap Şulap Uzay gemisinden gelen bazı talimatları okuduğu belliydi. "Yardım görürsek kontrol altına almamız mümkün olabilir."

"Yardım için bize bir ordu gerek," dedim.

"Kesinlikle," dedi Alistair. "Çabuk git ve oyuncaklarını topla. Mümkün olabildiğince çok robot gerek bize."

Aniden Alistair'in aklındakini anladım: Saat her şeyi düzeltmekte bize yardımcı olacak robotları anında üretebilir.

Hemen odama koştum. Şapur Şupur Kutusu'ndan daha evvel gizlice almayı başarmış olduğumuz brokorobotu ve arabaları topladım. Sonra Dottie'nin odasından birkaç oyuncak bebek ile birkaç peluş oyuncak aldım ve Alistair'e getirdim.

Alistair saatine bir seri komutlar yükledi ve robotlar artık cam kırıklarını toplamakla, saçılan lazanyaları silmekle, duvardaki dökülen sıvaları kapatmakla ve kırılan mobilyaları onarmakla meşguldüler. Müthişti, tıpkı bir peri masalından fırlamış gibi!

"Ev öncekinden çok daha iyi görünüyor," dedim, etrafta son sürat kaçışan robotları seyrederek. "Ama yerde yatan Chauncey Canavarı ne olacak?"

"Arkadaşlarım Chauncey ve Şapur Şupur Kutusu'nun kaynaşmış kimyasal tepkilerini tersine çevirmek için bana özel bir kod verecekler."

"Yani Chauncey yeniden yarı normal bir çocuk mu olacak?"

"Elimden geleni yapacağım." Alistair saatinin kumandasına karmaşık bağlantıları yükledi. "Iggy tam zamanında canavarı hizaya getirmeyi başardığı için şanslıyız. Bir kere kutunun içinde yiyip tüketebilmesi için insta canavara yeterince genişlik sağlıyor, bu parçaların dönüşmesi için mümkün." Alistair Şapur Şupur Kutusu'na doğrudan canavar dönüştürücü işlevini hedef aldı. "Tamam," dedi, "Hadi İnsta canavarını dönüştürelim! Şapur Şupur Kutusu'ndan çocuğu ayıralım!"

"Teknoblokları da ayırmayı unutma," diye fısıldadım.

Bir lazer ışını Şapur Şupur Kutusu'nun alnına vurdu, gözleri açıldı. Canavarın teknoblok saçları ve parmakları seğirdi.

Sonra, bir gürleme sesi duyduk ve Şapur Şupur Kutusu sallandı.

Ve sonra:

BOM!

"Tebrikler, Alistair!" Beşlik için elimi kaldırdım.
Bir an kafası karıştı ama sonra o da yaptı.

Chauncey kafasını ovuşturdu. "Neler oldu? Ne-
redeyim?"

"Çok fazla marşmelov yedikten sonra kendinden
geçtin," diye uydurdum.

"Bir dakika," dedi Chauncey. "Az önce yukarıda
değil miydim?"

"Hayır," diye yalan söyledim. "Sen hep aşağıday-dın."

Chauncey kaşlarını çattı. "Kendimi pek iyi his-setmiyorum."

"Eve gitmeden önce kanepede biraz uzanman seni için iyi olabilir," dedi Alistair, Chauncey'nin yerden kalkmasına yardım ederken.

"Ah, tamam," dedi Chauncey. "Ama sadece bir dakika."

Chauncey, sanki yaşlı annesine yardım ediyor-muş gibi Alistair'in onu kanepeye götürmesine izin verdi. "Güzel saat," diye mırıldandı Chauncey, kıv-rılıp horlamaya başlamadan önce Alistair'in bile-ğindeki saate bakarak.

Alistair odaya doğru bir el işareti yaptı. "Pişt!" diye fısıldadı, işaret ederek. "Iggy!"

Eyvah, dedim, kardeşimin hâlâ yarısının böcek olduğunu hatırlayarak. Annemle babam Iggy'nin evde uçmasını gördüklerinde ne olacaktı?

ON BİR YÜZ- KIRK

Odanın önünde Iggy'yi duvara tırmanmaya çalışırken buldum.

"Iggy!" diye bağırdı Dottie. "Buraya gel!"

"Hey, Dano!" diye bağırdı Iggy, "Bana bak!"

Iggy'nin iğnesi artık görünmüyordu ve kanatları da küçülmüşe benziyordu. *İlginç*, diye düşündüm. *Belki de o sakinleştiği için böcek kişiliği çekip gitti.*

"Bak!" dedi Iggy sadece iki ayağınla yatay bir şekilde duvarda durmaya çalışarak. Onun böcek yapışkanlığının etkisi geçiyor olmalıydı çünkü düştü.

Neyse ki, düştüğünde tam zamanında oradaydım.

"Bu haksızlık!" diye bağırdı Iggy. "DUVARDA KALMAK istiyorum!"

"Duvara bu kadar tırmanman yeterli," dedim. "Canavarla savaştıktan sonra yorgun olmalısın."

"YORGUN DEĞİLİM!"

"İyi," dedim, "ama bir dakika içinde kes bunu çünkü odamızda sana bir şey göstermem gerek."

Iggy aniden umutlandı. "Odamız mı?"

Herhalde ilk kez "odam" yerine "odamız" dediğimi fark ettim.

"Elbette," dedim. "Oda ikimizin, değil mi?"

"Tamam, Dano!"dedi ve beni hızla geçip yatağının üzerine karın üstü atladı.

"Senin için bir şeyim var, Iggy." Yatağının üzerine oturdum ve Iggy yarı doğrulup başını omzuma yasladı. "İşte, bu insan modeli güzel şey senin olabilir, yani bu güzel emzik."

"Annem bunun bana gerekmediğini söylüyor."

"Ama canavara saldırmandan dolayı sana ödül için özel bir emzik."

Iggy emziği ağzına aldı ve gözlerini kapadı. Mutlu görünüyordu.

"Teşekkürler, Iggy," dedim.

"Neden teşekkür?"

"Bizi Şapur Şupur Kutusu canavarından kurtardığın için. Bugün gerçekten süperçocuktun."

"Mürekkepbalığı Çocuk gibi" dedi.

"Evet," dedim. "Mürekkepbalığı Çocuk gibi."

"Dano," dedi Iggy, yarı uyur halde. "Canavar seni yemediği için çok sevindim, seni on bir yüz-kırk seviyorum."

Bu, Iggy'ye göre en büyük sayıydı.

On bir yüz-kırkın gerçek bir numara olmadığını söylemeye başladım ama sonra fikrimi değiştirdim. "Ben de, Iggy," dedim. "Seni seviyorum on bir-kırk, altmış-sekiz."

Iggy'nin bebekçe kelimelerle yaptığı bir tür esprisini yapmıştım, mürekkepbalığı çocuk külo-du ve Sindirella geceliği- hatta garip böcek DNA'sı ve her şey gibi. Belki Iggy ile aynı odayı paylaşmak beklediğim kadar kötü olmayabilir diye düşündüm.

Ve belki de uzaylı bir arkadaşımın olması o kadar da kötü bir şey değildir.

SONSÖZ

Eğer merak ediyorsanız, Chauncey kanepede uyukladıktan sonra yeterince normal görünüyordu. Neyse ki, Alistair onu normal bir çocuğa çevirmeden önce küp biçiminde bir canavara dönüştüğünü ve mutfağımızda bulunan araç-gereçlerden birçoğunu ve buna ek olarak birkaç aleti de yediğini hatırlamadı. Sanırım Alistair, uzaylı saatini kaybetmeden tüm karışıklığı atlatabildiğimiz için ve benim dışımda kimsenin onun Blaron Gezegenin'den olduğunu anlamadığından rahatlamıştı. (Yani demek istediğim, Iggy, Blaronitler hakkında bir şeyler biliyor ama onun söylediği şeylere kimse inanmaz, böylece sorun yok.) Örneğin, Iggy evin içinde nasıl "uçup canavara iğnesini batırdığını söylediğinde annem ve babam pek de fazla buna önem vermediler!" Ve neyse ki Iggy'nin kanatları ve iğnesi, İnsan Normalleştirici ile uyuduktan sonra tamamen yok oldu, normal insana döndü. Şu anda Iggy normal bir çocuk gibi görünüyor.

Ona baktığınızda yarı böcek olduğu sırrını ve onun gizli kimliğinin "Süperçocuk Eğitimde" olduğunu asla anlayamazsınız.